AF281441

MONIKA LORENZ

24 ZAUBERHAFTE WINTERGESCHICHTEN

[Datum]

MONIKA LORENZ

24

ZAUBERHAFTE

WINTERGESCHICHTEN

[Datum]

Bibliografische Information der Deutschen Nationalbibliothek:
Die Deutsche Nationalbibliothek verzeichnet diese
Publikation in der Deutschen Nationalbibliografie;
detaillierte bibliografische Daten sind im Internet
über http://dnb.dnb.de abrufbar.

© 2024 Monika Lorenz
Korrektorat: H.M. Lorenz
Verlag: BoD · Books on Demand GmbH, In de Tarpen 42,
22848 Norderstedt
Druck: Libri Plureos GmbH, Friedensallee 273,
22763 Hamburg
ISBN: 978-3-7597-3399-3

Inhaltsverzeichnis

1 Finnischer Winter 7
Unterm Vogelbeerbaum

2 Ein besonderer Nachmittag 11

3 Nach dem Abendessen 15

4 Abenteuer auf dem Eis 19

5 Unterwegs mit Schlittenhunden 27

6 Leo und der fliegende Nikolaus 33

7 Nikolaus und Krampusse in Salzburg 39

8 Kekszusammenkunft 44

9 Unheimliche Nacht 49

10 Filzmoos im Winter 55

11 Neumond über den Highlands 63

12 Wir holen den Tannenbaum 66

13 Hexen-Sabbat 74

14 Brice Canyon 80

15 Micha träumt – Papierdrachens Reise 86

16 Überraschung am Hochzeitstag 93

17 Bei den Rentieren 102

18 Waldweihnacht 107

19 Stromausfall 114

20 Ein besonderer Weihnachtsabend 124

21 Weihnachten der Dinge 130

22 Nach Weihnachten 139

23 Sylvester in der Hütte im Harz 149

24 Winterzauber 157
Der Dunkle König – Weg zum Stern

1

FINNISCHER WINTER
UNTERM VOGELBEERBAUM

Dicke Schneepolster liegen auf dem Dach des Hauses und spitze Eiszapfen hängen überall von der Dachrinne. Früher war es eine Schule und auf dem Hof spielten die Kinder in der Pause rund um den Vogelbeerbaum. Nun ist Stille eingekehrt. Der Wald rings herum ist tief verschneit, der große See in der Nähe mit einer dicken Eisschicht überzogen. Dann ist da noch das kleine Dorf am Ende des Sees und ein paar verstreute Gehötte in der näheren und weiteren Umgebung. Sonst nur große Ruhe.

Ein Kleinbus fährt auf dem festgefahrenen Schnee der Straße und hält vor der alten Schule, die inzwischen von drei klugen und mutigen Frauen zu einer Pension umgewandelt worden ist. Zuerst springen drei Hunde heraus, dann steigen die Menschen aus. Das sind wir, einige Blinde und Seheingeschränkte. Wir wollen hier ein paar Tage richtigen Winter erleben. So einen Winter wie es ihn bei uns gar nicht mehr gibt. Die Eindrücke schon beim Umsteigen auf dem großen Flughafen waren erstaunlich. Riesige Metallarme sprühten die Flugzeuge ein, damit sich beim Weiterflug kein Eis auf den Tragflächen bilden konnte. Mit einer kleineren Maschine flogen wir zu unserem Zielflughafen weiter. Von dort aus fuhr uns ein Kleinbus durch die Nacht. Auf den vom fahlen Mondlicht beschienenen Straßen lag überall Schnee und die stille Weite der Landschaft mit den riesigen weißen Flächen der großen Seen erfüllte uns mit ruhigem Staunen. Endlich kam der Abzweig von der Straße und das Haus mit seinen warm leuchtenden Fenstern hieß uns in der Waldeinsamkeit willkommen. Durch tiefen Schnee gingen wir hinein in den warmen Hausflur. Dort zogen wir als erstes unsere dicken Stiefel aus und bekamen von unserer Gastgeberin handgemachte Filzhausschuhe. Wärme und Behaglichkeit empfingen uns in diesem Haus. Nun sind wir richtig angekommen im HAUS AM VOGELBEERBAUM:

In den wenigen hellen Stunden der letzten Tage wurde von einigen von uns vor dem

Haus aus festgestampften Schneeblöcken ein Iglu selbst gebaut. Warm angezogen mit dickem Schlafsack und Rentierfellen als Unterlage, hatten ein paar Mutige die Nacht darin verbracht. Am Morgen, durchgefroren, freuten sie sich sehr über eine heiße Dusche und einen aufwärmenden heißen Tee. Eine Nacht im Iglu der Kälte zu trotzen, war ein Abenteuer. Zuhause werden sie dann stolz erzählen können, wie die Eskimos in großer Kälte die Nacht verbracht zu haben.

In der kurzen, hellen Mittagszeit waren wir gestern auf der riesigen Eisfläche des Haussees mit unseren Schneeschuhen unterwegs, bis es früh am Nachmittag wieder dunkelte und uns der beißende Wind zurück ins gemütlich warme Haus trieb. Jeden Nachmittag erwartete uns eine vorgeheizte, herrlich heiße Sauna. Durchgefroren vom Tag in großer Kälte, freuten wir uns in die Hitze zu kommen. Das Abkühlen direkt im Schnee draußen vor der Tür war ein großer Spaß. Manchmal rieselten kalte Schneeflocken vom Himmel und zerplatzen auf unserer heißen Haut. Ein unbeschreibliches Gefühl. In den nächsten Tagen sind wir mit Paula und ihren Hunden verabredet. Die

Schlittenhunde werden uns über den See ziehen. Dabei werden wir dick und warm angezogen in den Schlitten sitzen und uns über das Eis ziehen lassen. Doch das ist eine andere Geschichte.

2

EIN BESONDERER NACHMITTAG

Drei Uhr nachmittags ist es und draußen dunkelt es schon. Der Wintertag in Karelien im Nordosten Finnlands ist kurz und sehr kalt. Bei minus 26 Grad bleiben wir heute in unserem warmen Haus. Unsere Gastgeberin hat zum Zimtschnecken-Backen eingeladen. Ein herrlicher Duft nach Butter, Hefe, Zimt, Kardamom und anderen winterlichen Gewürzen zieht schon durch das Haus. Wir stehen im heimelig warmen Wohnraum um den großen Esstisch herum. Jeder ist gespannt, wer wohl den Teig ansetzen darf. Tina, die vergangene Nacht im selbstgebauten Schnee-Iglu verbracht hatte, wird ausgewählt und bekommt die unterschiedlich großen Messcups in die Hand gedrückt. Sie fühlt, wo das richtige Maß für Mehl, Zucker und die anderen Zutaten ist. Ganz flink füllt sie nach einem finnischen Rezept die verschiedenen Cups und leert sie in die bereitstehende Schüssel. Ordentlich durchgeknetet muss der Teig noch eine Weile aufgehen, dann wird er mit einem besonderen finnischen Rollholz ausgerollt. Inzwischen ist die Butter-Zucker-Zimt-Kardamom-Mischung fertig und Tina streicht sie auf den Teig. Aufgerollt, in Röllchen geschnitten, auf das Blech gesetzt wird er dann im heißen Ofen zu goldbraunen Zimtschnecken gebacken. Der Duft von Frischgebackenem lockt auch die anderen herbei. Nun wird noch schnell das super-leckere finnische Knäckebrot zubereitet. Später zum Abendessen wird dann knuspriges Brot auf dem Tisch stehen. Anke mit ihren schmalen Fingern kann am besten den weichen Teig auf dem Blech verstreichen. Sie macht daraus ein dünnes, mit vielen Kernen bestreutes, sehr leckeres Knäckebrot. Im Wohnzimmer spielt Pit zur Unterhaltung unser diesjähriges Lieblingsstück auf dem Klavier und Tim klimpert auf der Gitarre ein paar Akkorde dazu. Andere summen und singen mit. Kann ein Nachmittag schöner sein?

Bei Sonnenuntergang beschließen Pit und Hanna mit uns noch einen Spaziergang in den nahen Wald zu machen. Durch den nicht gespurten dicken Schnee stapfen wir hintereinander den Waldweg entlang. An einer Lichtung halten die beiden an und laden uns ein zu dem finnischen Volks-Wintersport. Es ist das lustige „Gummistiefel-Weitwerfen". Davon hatten wir noch nie gehört und gespannt schauen wir zu, wie Hanna aus ihrem Rucksack ein Paar nicht mehr ganz neue Gummistiefel herauszieht. Pit kämpft sich derweil durch den tiefen Schnee auf der Lichtung. Er hat sich bereiterklärt, den „Kampfrichter" zu spielen. Hanna erklärt uns wie das Spiel geht. Wer vorn am Busch steht, bekommt den Gummistiefel in die Hand und versucht auf eigene Art den Stiefel so weit wie möglich auf die Lichtung zu werfen. Das ist ja einfach, denken wohl die meisten. Doch weit gefehlt! Der Stiefel fliegt seine eigene Bahn und man muss sich einen Trick ausdenken, damit er in die richtige Richtung und möglichst weit fliegt. Ein großer Spaß beginnt. Manche werfen ein paar Meter, andere schon mal bis zur Mitte der Lichtung. Sie bekommen Applaus. Doch einer gelingt der „größte" Wurf, bei ihr fällt der Gummistiefel bei jedem Wurf gerade mal vor ihre Füße. Ganz enttäuscht und schon fast den Tränen nahe, weiß sie nicht, woran das liegt. Doch sie bekommt für diesen Spaß die meisten Lacher und das ist ansteckend, erst lächelt sie etwas gequält, doch dann kommt ihr Lachen voll aus dem Herzen. Pit, der „Kampfrichter", ist ziemlich geschafft, denn er musste jeden noch so weit oder in die am Rand stehenden Büsche geworfenen Gummistiefel durch den tiefen Schnee zurückholen. Sportlich, sportlich, so braucht er an diesem Abend kein Fitnesstraining mehr.

3

NACH DEM ABENDESSEN

Für heute Abend ist eine große Überraschung angekündigt. Was mag es wohl sein? Das lustige Gummistiefel-Weitwerfen, ein beliebter Sport der Finnen, hatten wir bereits gestern. Heute ist so ein geheimnisvolles Rennen und Rascheln im Haus. Wir sollen uns dick und warm anziehen. Doch nochmal in die eiskalte Nacht hinaus? Mich friert es jetzt schon. Gespannt wie am Weihnachtsabend hocken wir auf Sofas, Stühlen, Fußboden und wo ein warmes Plätzchen frei ist. Ta da ...... Nun ist es soweit. Die Tür zur Veranda geht auf. Dick eingemummelt erscheinen Hanna und Pit. Doch, was ist das? Auf der Veranda ist ein Kamin und in ihm brennt ein hell-loderndes Feuer. Die Hitze ist schon zu spüren. Wir werden eingeladen, uns Plätze zu suchen. Nein, an der Außenmauer werde ich nicht sitzen, da wird mir der Rücken abfrieren. Ganz nah am Feuer wäre schön, da könnte man die Wärme direkt spüren. Doch es wird bestimmt mit der Zeit mächtig heiß, vor allem in den dicken warmen Sachen. Ich suche mir schnell einen Platz an der Innenmauer, etwas entfernt vom Kaminfeuer. Ich habe Glück, dort kann ich lange Zeit sitzen bleiben. Eine weitere Überraschung wartet auf uns. Auf dem Tisch ist noch eine Feuerstelle. Ein Kochtopf steht darauf. Es durftet verführerisch nach heißem, gewürztem Wein. Gibt es Glühwein heute Abend? Nein, es kommt noch viel besser. Eine Feuerzangenbowle ist angerichtet!!! Auf den Topf kommt ein Gitter mit einem Zuckerhut darauf. In einer Kelle duftet es schon nach starkem Rum. Als er angezündet wird, schnellt eine blau-rot leuchtende Flamme empor. Der brennende Rum wird über den Zucker gegossen, der Zucker schmilzt langsam und tropft schmatzend und zischend in den heißen Rotwein. Was sind das nur für wunderbare Gerüche? Es fällt schwer, alle diese besonderen Düfte zu identifizieren. Wir versuchen so viel wie möglich herauszufinden. Nachdem der Zucker-Rum in den Rotwein getropft ist, gibt es jetzt die erste Runde heiße, starke Feuerzangenbowle. Vorsicht, nicht den Mund verbrennen! Es schmeckt himmlisch! Und wie lustig es auf einmal wird. Hanna fängt an, die karelische Volkssaga zu singen. Gebannt hören wir ihrem finnischen Gesang zu. Nach und nach stimmen wir noch andere Winterlieder an. Die leisen Gitarrentöne dazu klingen stimmungsvoll in die Nacht hinaus. Entfernt singt ein Hund den Mond an. Oder ist es ein karelischer Wolf, allein in dieser Winternachteinsamkeit? Ist es nicht wunderbar, in einer eiskalten Nacht draußen am Feuer zu sitzen, heißen Wein zu trinken, stimmungsvolle Lieder zu singen und einfach das Leben zu genießen? Was braucht es mehr?

Niko, unser finnischer Koch, zieht uns mit nach draußen, unter den leise fallenden Schnee und hinein in die dicken Schneewehen. Wir halten unsere Gesichter in das Schneegeriesel. Es ist ein Gefühl wie Pailletten, die auf unserer warmen Haut zerplatzen. Traumhaft schön. Doch nun ist es allen zu kalt geworden. Ade, prasselndes Kaminfeuer und süße Feuerzangenbowle. Eine wunderbare Idee kommt nun von Niko.

„So macht man in Finnland den Abschluss einer Feier", sagt er. Alle zusammen gehen wir jetzt in die schon lange angeheizte Sauna. Einmalig, nach der Kälte draußen in die mollige Hitze zu kommen. Lange sitzen wir noch auf den Holzbrettern, die heute Nacht für uns die Welt bedeuten, erzählen, lachen und freuen uns an einem wunderbaren eiskalten Winterabend in Karelien im Nordosten Finnlands.

4

ABENTEUER AUF DEM EIS

Schon einige Tage waren wir auf unserer Winterreise in Finnland. Wir, das sind eine Gruppe Blinde und Sehbehinderte. Mit Langlaufskiern liefen wir weite Touren auf den großen vereisten Seen und in tiefverschneiten finnischen Wäldern. Schneeschuhe trugen uns durch die wunderbare weiße Landschaft. Die eisige Kälte konnte uns nichts anhaben, waren wir doch in viele warme Schichten gehüllt und die Haut unserer Gesichter dick mit Vaseline eingecremt. Das sah zwar aus wie ein Schmalzbrot, aber es half unglaublich gut gegen die Kälte. So konnte sie nicht in unsere Haut beißen. Ohne die Creme hätten wir es draußen keine fünf Minuten ausgehalten.

Für heute war wieder eine Tour mit Skiern auf einem großen See, etwas entfernt geplant. Der Bus fuhr uns zu einem Hotel mit einem schönen Hallenbad, mollig warm, mit Blick in die verschneite Landschaft. Es lud uns richtig ein, dort zu bleiben und den Tag zur Entspannung zu nutzen. Doch, nein, wir wollten hinaus in die Kälte, auf den See, schließlich hatten wir Abenteuer gebucht und keinen Wellnessurlaub. Schon eine Weile waren wir über den ersten See gespurt, hatten einige kleine Inselchen im Tiefschnee überquert. Gar nicht so einfach, denn wir mussten uns mit den langen Skiern durch niedriges Buschwerk zwängen. Mal führte ein nichtgespurter Weg schräg einen Hang hinauf, mal beschwerlich wieder hinunter über das hügelige Eiland zum Ufer des Sees zurück.

Inzwischen waren wir auf dem zweiten, sehr viel größeren See unterwegs. Diese Weite vor uns zu sehen, war atemberaubend. Unser kleines Grüppchen ganz allein auf einer riesigen weißen Fläche unterwegs, wie klein gegen diese grandiose Natur. Schritt vor Schritt bahnten wir uns eine Spur. Die Führhunde liebten es ebenso wie wir, durch den weichen, weißen Schnee zu laufen. Einer, ein Schäferhund, bahnte sich immer seinen eigenen Weg neben der Langlaufspur. Bis zum Bauch waren seine Pfoten im Schnee verschwunden. Das war bestimmt ziemlich anstrengend. Doch er war erst vier Jahre alt und noch voller Kraft und Schwung. Er hatte eben seinen eigenen Willen und war nicht zu bewegen, hinter uns in der Spur zu laufen. Hin und wieder wälzte er sich fröhlich im weichen Schnee. Man sah ihm an, wie sehr es ihm gefiel. Fast sah es aus, als lächelte er. Ein älterer, bereits neun Jahre alter heller Labrador war da ein wenig gewitzter. Am Beginn einer Tour stand er neben der Spur, schaute zu und wartete ab, wie sich die Menschen mit ihren Skiern in die Spur einfädelten, dann trabte er hinter seinem Herrchen mitten hinein in die Spur und lief in der für ihn natürlich viel bequemeren, da bereits heruntergetretenen Linie weiter mit. Nicht gerade zur Freude der nachfolgenden Skifahrer, die eher ein Problem mit dem vor ihnen laufenden Hund hatten. Der dritte, mittelalte Labrador hatte eine andere Angewohnheit. Er fühlte sich wohl als „Anführer", er lief immer am Anfang der Reihe und ließ sich diesen Platz auch nicht nehmen. Schließlich war er das „Alphatier" und das wusste er genau. So war die Reihen- bzw. Rangfolge geklärt. So liefen wir durch den Schnee. Mitten auf dem See machten wir eine Pause. Jeder packte aus seinem Rucksack aus, was er sich morgens mitgenommen hatte. Es gab finnisches Knäckebrot und heißen Johannisbeersaft aus der Thermosflasche. Andere hatten sich heißen süßen Tee mitgebracht. Was jeder sonst noch so im Rucksack fand, wurde miteinander geteilt. Manche Schokolade, finnisch mit Lakritz und Salz, oder ganz normal süß, wurde noch in einer Seitentasche gefunden. So gestärkt setzten wir unsere Skitour fort.

An manchen Tagen gab es auch eine längere Mittagsrast. Wenn wir auf einem kleinen Inselchen eine Feuerstelle fanden. Das war etwas Besonderes. Einige gefällte Baumstämme oder dicke Holzklötze lagen im Kreis um einen Metallstab, der in der Mitte aus dem Schnee ragte. An dem war ein viereckiges Rost, höhenverstellbar, angebracht. Neben dieser Feuerstelle gab es meistens ein schräges Holzdach, unter dem trockene Holzscheite gestapelt lagen. Mit diesem Holz machten die Guides unter dem Rost ein Feuer an. Ganz gewitzt waren die Anzünder, denn in Finnland lässt man Wachsreste in einzelne Waben von Eierkartons tröpfeln. Diese kleinen Teile kann man bequem im

Rucksack mitnehmen und beim Anzünden eines Feuers nutzt der Karton mit dem Wachs dann als Anzünder und Verstärker. Wenn es dann loderte, wurden auf den Rost mitgebrachte Elchwürstchen gegrillt. Einmal hatten wir Pappteller vergessen und mussten überlegen, worauf wir Würstchen und Senf geben sollten. Fantasie war gefragt. Irgendjemand hatte die Idee, suchte und fand schöne, flache, saubere Holzscheite. Auf die flache Seite wurde dann ein Klecks guter finnischer Senf gegeben und eine braune duftende Elch-Rostbratwurst danebengelegt. Wunderbar schmeckte uns dieses rustikale Mittagsmahl. Wir hatten die „Teller", die Holzscheite, vor uns in den Schnee gelegt und waren gerade dabei, uns mit dem mitgebrachten Heißgetränk aufzuwärmen, da begann eine aus unserer Gruppe herzhaft zu lachen.

„Schaut mal da", sagte sie lachend und zeigte auf den hellen Labrador. Der schleckte gerade genussvoll von einem Holzscheit den restlichen Senf ab. Das hatte er wohl bereits bei einigen anderen still und heimlich ebenso gemacht. Nicht gerade zur Freude seines Herrchens. Doch der wusste,

Labradore mögen einfach alles. „Staubsauger" nannte er manchmal seinen Hund.

Als die Pause vorbei war, zogen wir wieder unsere Spur auf dem See. Um zurück auf den ersten See zu kommen, wollten wir an einer schmalen Stelle zwischen zwei kleinen Inseln hindurchlaufen. Gemächlich glitten wir hinter unserem Guide her. Ein blinder Mann ging einen Meter neben ihm. Ich war die nächste hinter dem Guide, mit ungefähr eineinhalb Metern Abstand. Auf einmal ein lautes Krachen vor mir! Direkt unter unserem Guide brach das Eis splitternd ein und er versank. Entsetzt und starr vor Schreck schrie ich laut auf. Ich sah ihn schon in die Tiefe sinken. In meinem Kopf rasten die Gedanken, was zu tun wäre, damit er nicht unter das Eis gezogen würde. Wie könnten wir ihn wieder auf das Eis ziehen. Einige Tage vorher hatte ich gerade im Fernsehen eine Doku gesehen, wie man jemand aus einem Eisloch retten könnte. Das alles lief in rasender Geschwindigkeit durch meinen Kopf. Gleichzeitig zogen sich knirschende Sprünge durch das Eis auf mich zu, es krachte und knirschte auch unter meinen Füßen. Doch das Universum hatte ein

Einsehen. Unser Guide brach ein und versank mit seinen Skiern in dem eiskalten Wasser. Bis zu den Knien war er bereits eingesunken, doch dann stoppte das Sinken und er blieb auf Grund stehen. Weiter als bis zu den Knien war er nicht eingebrochen. Doch das reichte schon. Das Wasser füllte seine Skischuhe. Die Füße, die Socken, die Hosenbeine, alles war mit eiskaltem Wasser durchdrungen. Und wir mussten bei 15 Grad minus und kaltem Wind noch einige Kilometer über den See laufen, bis wir zu unserem Ausgangspunkt zurückkamen. Wir hatten große Angst, dass ihm in der Zeit die Zehen abfrieren könnten. Schnell änderten wir unsere Route und strebten dem rettenden Ufer und der Wärme im Hotel zu. Dort erfuhren wir, dass in dieser Engstelle zwischen den zwei Inseln das Eis nicht so dick gefror, weil die Strömung dort zu stark war. Der Kieselstrand der Ufer fiel nur sacht schräg ab und wir waren glücklicherweise noch nahe am Ufer entlanggelaufen. Doch zum Lachen war es trotzdem nicht. Angekommen im Hotel, brachten wir unseren Guide sofort in die Wärme. Inzwischen spürte er seine Füße und Beine kaum mehr. Sofort wurde er gegen Erfrierungen behandelt. Sein Gesicht war so weiß wie seine Füße. Am Ende hat er es überstanden und keine Erfrierungen an den Füßen zurückbehalten. Ihn hat wohl das rasche Gehen auf dem Rückweg gerettet. Für uns andere saß der Schreck noch tief und ließ uns die Wege über die vereisten Seen doch mit anderen Augen sehen. Ein kleines bisschen Furcht oder zumindest Respekt blieb auch in den nächsten Tagen beim Überqueren der riesigen sonnenbeschienenen Eisflächen. Doch die Einmaligkeit dieser Weite und Einsamkeit überwog am Ende.

5

UNTERWEGS MIT SCHLITTENHUNDEN

Der Kleinbus hält, die Türen öffnen sich und schon ist das Heulen und Jaulen von vielen Hunden zu hören. Sie springen hoch und übereinander, zerren an ihren Leinen, kläffen, jaulen, winseln. Eine Unterhaltung ist nur lautstark möglich. Vier Hundeschlitten, vor die je sechs Schlittenhunde gespannt werden, warten am Ufer des großen, zugefrorenen und verschneiten Sees auf uns. Die unendliche Weite des Sees, nur fern am Ufer begrenzt von dunklen Tannen, zieht den Blick magisch auf sich. Solch eine weite, weiße Landschaft habe ich noch nie gesehen. Unberührt liegt diese Weite vor uns. Doch hier am Ufer ist der Teufel los. Die Hunde zanken sich. Wer wird heute eingespannt und darf rennen? Denn das wollen sie alle unbedingt und nicht erst gleich, nein möglichst sofort. Der Lärm nimmt noch zu als Paula, die Halterin der Schlittenhunde, anfängt die erste Gruppe der Hunde auszuwählen und vor den ersten Schlitten zu spannen. Sie sind nicht zu halten. Springen über die Leine, verheddern sich darin, müssen wieder auseinandergezogen werden, die Leinen neu gerichtet. Sie springen übereinander, drehen sich im Kreis, sie sind einfach außer Rand und Band. Noch nie habe ich so ein Spektakel aus purer Freude am Rennen gesehen. Nun werden einige Mitglieder unserer Gruppe den Schlitten zugeteilt. Ich steige in den ausgepolsterten Schlitten. Tief sinke ich hinein in den Schlittensack, fast auf dem Boden. Doch ein dickes Rentierfell polstert den Schlitten nach unten ab und nur mein Kopf schaut oben heraus. So ist jeder im Schlitten gegen die herrschende Kälte von Minus 20 Grad gut verpackt. Meinem Schlitten wird Pit als Musher oder Schlittenführer zugeteilt, Er probiert zuerst aus, wie man mit dem Haltegriff umgeht und auf dem Brett mit der Bremse sicher steht. Von Paula gibt es noch ein paar Erklärungen, wie gelenkt wird und wie die Bremse funktioniert, dann sind wir startbereit. Auch die anderen drei Schlitten sind inzwischen fertig zum Start.

Und, auf einmal, ganz plötzlich herrscht Ruhe, richtige Stille. Wir sind verblüfft. Alle Schlittenhunde, die vor ihren Schlitten eingespannt sind, stehen wirklich ganz ruhig da. Doch die Ohren sind gespitzt, ganz aufmerksam in ihrer vorgegebenen Reihung warten sie auf das Kommando zum Abfahren. Die Leithündin vor unserem Schlitten schaut gespannt zu Paula, die den ersten Schlitten fährt und das für die Hunde erlösende Startsignal gibt. Jetzt ist es soweit und die wilde Jagd geht los. Mit einem Ruck ziehen die Hunde an. Unser Musher Pit fällt fast von seinem Brett. Gerade noch kann er sich am Haltegriff festhalten, sonst wäre die Hundemeute allein mit mir losgerannt. Nicht auszudenken, wo das hingeführt hätte. Richtig schnell aber doch sehr gleichmäßig laufen die Hunde hinter den anderen Schlitten her. Sie wirken total zufrieden. Endlich können sie rennen und das machen sie einfach für ihr Leben gern. Am Land achten sie eifersüchtig darauf, wer von ihnen eingespannt wird. Sie heulen und toben und zerren enttäuscht an ihren langen Leinen, wenn sie nicht ausgewählt worden sind. Doch sind sie erst einmal auf ihrem Weg, ziehen sie los und es gibt kein Halten mehr. Pit muss immer wieder fest auf die Bremse treten, denn unsere Hunde sind ehrgeizig und wollen den vor uns laufenden Schlitten überholen. Doch das wird nicht erlaubt, sie müssen sich gedulden. Für mich im Schlitten, gemütlich und warm eingepackt, ist es ein großes Vergnügen so über die riesige verschneite Eisfläche des See zu fliegen. Die Sonne steht schon etwas tief, die Dämmerung kommt hier bereits am Nachmittag. Die schrägen Strahlen zaubern glitzernde Kristalle auf das Eis. Fröhlich pfeifend, die Hunde zufrieden vor sich hinlaufend, ziehen wir unsere Bahn in die Weite.

Doch da, ein Ruck, der Schlitten wird fast umgeworfen, die Hunde streben alle sechs wie auf Kommando abrupt nach links. Pit tritt auf die Bremse. Es nützt überhaupt nichts. Die Hunde haben so viel Kraft, sie rennen einfach weiter nach links, aus der Spur heraus, auf das ferne Ufer zu. Pit schreit und bremst und brüllt die Hunde an. Doch die beachten ihn gar nicht. Unbeirrt rennen sie in die falsche Richtung. Keiner schert aus. Was haben sie nur? Was hat sie so abgelenkt? Jetzt hören wir Paula, sie ruft, pfeift und brüllt Kommandos in einer Sprache, die ich nicht verstehen kann. Ich sehe, auch die Schlitten vor uns sind von der Spur abgekommen und auch diese Hunde streben nach links auf das Ufer zu. In der Ferne können wir einen anderen Hund ausmachen. Er rennt vom Ufer her auf den See. Ist er der Auslöser für diesen Krawall und Ungehorsam der Schlittenhunde? Nach vielen scharfen Kommandos hat Paula ihre Schlittenhunde wieder auf Spur gebracht. Nach und nach ziehen die anderen Hunde ihre Schlitten wieder in die richtige Richtung, zwar unwillig wie man genau merken kann, doch am Ende gehorsam. Pit steht der Schweiß auf der Stirn. Ohne Paula, der die Hunde gehören, die sie auch trainiert und die für die Hunde der Chef ist, hätte er den Schlitten nicht halten können und wir wären mit voller Kraft auf das Ufer zu gerast. Nicht wissend, ob das Eis dort dick und tragfähig genug gewesen wäre. Die Auflösung: Es war eine Hündin, die vom Ufer aus auf den See gelaufen war. Alle Schlittenhunde hatten ihren Duft wahrgenommen und nichts konnte sie davon abhalten, mit der Hundedame Kontakt aufzunehmen. Da hatte der Mensch das Nachsehen. Natur ist eben Natur. Nachdem dieses Intermezzo geklärt war, ging die schnelle Fahrt auf dem vereisten See weiter.

Nach zwei Stunden einer wunderbaren Fahrt in dieser zauberhaften Landschaft strebten die Hunde mit ihrer menschlichen Schlittenlast wieder dem richtigen Ufer zu und eine ganz besondere Erfahrung ging dem Ende zu. Am Land wieder angekommen ließen sich die Schlittenhunde mit gefrorenen Lachsbrocken füttern. Das hatten sie verdient, denn sie hatten ihre Aufgabe grandios gelöst.

Wir mussten nun Abschied nehmen von diesen wunderschönen Huskies mit den zweifarbigen Augen, die so gerne rennen und denen es gar nichts ausmacht, eine größere Fracht durch die weite, verschneite Landschaft zu ziehen. Sie sahen auch nach der Fahrt noch ganz entspannt und fit aus. Rennen ist einfach ihr Leben.

6

LEO UND DER FLIEGENDE NIKOLAUS

Der Kachelofen im Thermik-Stüble bullerte und strahlte wohlige Wärme aus. Dem am Morgen frischgeschlagene Tannenbaum tropfte der schmelzende Raureif von den Zweigen. Die Tische waren schön adventlich geschmückt. Nun konnten die großen und kleinen Gäste zur Nikolausfeier kommen. Die Eingangstür öffnete sich und mit einem Schwall kalter Luft kamen die ersten Gäste herein. Ganz erwartungsvoll liefen die kleineren Kinder mit ihren Eltern und Großeltern auf die Tische zu. Manch eines mit ein wenig ängstlichen Augen. Der Nikolaus, wie wird er wohl sein? Wird er streng sein und die nicht so artigen Kinder strafen? Oder wird er freundlich und humorvoll die Kinder mit Geschenken erfreuen? Jedenfalls waren alle sehr gespannt und erwartungsvoll. Nur am Tisch neben dem Kachelofen, wo die „Halbstarken", keine Kinder mehr aber auch noch keine Jugendliche, saßen, war keiner erwartungsvoll, sondern es wurde gegiggelt und gespöttelt: „Nikolaus, den gibt es doch gar nicht", sagte großspurig Leo, „das ist doch immer Heinz, das weiß ich ganz genau. Lasst die Kleinen nur daran glauben, wir wissen es doch besser". Er fühlte sich groß und wichtig mit seiner Aussage. Einige der etwas iüngeren sahen ihn ein wenig zweifelnd an. Doch anmerken ließen sie sich nichts, das wäre ja „uncool" und das wollten sie auf gar keinen Fall sein. Also lästerten sie weiter über die Kleinen, die sich so auf den Nikolaus freuten.

Nach einer Weile, alle Plätzchen waren fast aufgegessen und der Kakao und die Cola fast ausgetrunken, meldete sich auf einmal das Funkgerät, das in der Mitte des Thermik-Stüble stand, mit einem Knacken. Sofort wurde es still im Raum, die Gespräche leiser und die Kinder schauten mit großen Augen zum Tisch in der Mitte. Manch eines der Kleineren rutschte schnell auf den Schoss seiner Mama oder des Vaters. Es war ihm wohl nicht geheuer, was nun kommen sollte. Dann war wieder ein Knacken und ein feines Rauschen zu hören und, ganz im

Hintergrund, ein leises Brummen wie von einem Motor. Langsam wurde es lauter und lauter.

Da, eine tiefe Stimme kam aus dem Funkgerät:

„Deckenpfronn Flugplatz? Hier Heaven Air Flug 512 erbitte Landeerlaubnis."

Der Nikolaus war im Anflug!!

Ganz aufgeregt riefen die Kinder durcheinander, eines weinte sogar. Doch die meisten freuten sich und riefen nach dem Nikolaus. Nur die „Halbstarken" am Tisch von Leo konnten mit ihrem Spötteln nicht aufhören.

„Die Kleinen werden sich wundern, den Nikolaus gibt es doch gar nicht. Das wird wieder der Heinz sein". Leo war sich seiner Sache völlig sicher und steckte mit seiner großspurigen Art auch die anderen „Halbstarken" an.

Auf einmal meldete sich der Tower Deckenpfronn und gab dem anfliegenden Nikolaus die Erlaubnis auf Landebahn 2 7 zu landen. Nur noch wenige Minuten würden vergehen und der Nikolaus wäre gelandet. Kam er eigentlich mit einem fliegenden Rentierschlitten oder mit einer modernen Cessna angeflogen? Wer weiß? Und hinausgehen war streng verboten. Den Anflug des Nikolaus durfte niemand sehen. Also saßen die Kinder sehr gespannt auf ihren Plätzen und warteten darauf, was jetzt wohl bald geschehen würde.

Wieder nach einer Weile öffnete sich langsam die Eingangstür und hereinkam, umweht von eiskalter Luft, eine Gestalt mit rotem Mantel, roter Mütze und weißem Bart. Sie zog einen Holzschlitten hinter sich her auf dem viele schön eingepackte, mit bunten Schleifen verzierte Geschenke lagen. Etwas Schnee lag auf seinen Schultern, denn draußen schneite es schon den ganzen Tag. Nun war er wirklich da, der Nikolaus!! Freundlich begrüßte der Nikolaus alle Gäste und fragte:

„Sind hier auch Kinder? Artige Kinder?" Die Kinder riefen alle

„Ja, lieber Nikolaus". Er runzelte seine Stirn: „Oder auch unartige Kinder?" Da blieben die Kinder still. Doch der Nikolaus schmunzelte und war wieder ganz freundlich. Ein kleines Mädchen hatte extra ein Gedicht auswendig gelernt, machte vor dem Nikolaus einen tiefen Knicks und sagte mit leiser

Stimme sein Gedicht auf. Dem Nikolaus gefiel es sehr und so bekam das kleine Mädchen ein mit einer roten Schleife verziertes Geschenk von seinem Schlitten. Die Jungen am Tisch beim Kachelofen schauten dem Treiben mit grinsenden Gesichtern zu. Sie wussten ja, wer unter dem Mantel steckte. Auf gar keinen Fall der Nikolaus, weil es den ja gar nicht gab. Das war wieder der Heinz Wagner, so wie in den vergangenen Jahren. Nun ging wieder die Eingangstüre auf und wieder kam ein Mann herein, in Jeans und dickem Pullover, etwas grauen Haaren und …..

Das konnte doch nicht sein !!! Dieser Mann sah aus wie der Heinz, der Heinz Wagner. Aber, der war doch der Nikolaus. Ungläubig schauten die Jungs zu dem Mann. Besonders Leo starrte gebannt hin, er konnte es nicht glauben. Er schaute zu dem Mann, der Heinz Wagner war und er schaute zu dem anderen Mann, dem Nikolaus. Er schaute hin und her und konnte einfach nicht fassen, was er da sah. Wie war das möglich? Er war sich doch so sicher gewesen. Oder konnte es doch sein? Gab es vielleicht doch einen echten Nikolaus? Ganz kleinlaut und nachdenklich saß Leo vor seiner Cola und zweifelte immer noch an den beiden Gestalten, die da vorne bei den kleinen Kindern standen. Sagen konnte er gar nichts mehr und das Giggeln und Spötteln war ihm vergangen. Der Zweifel stand ihm groß ins Gesicht geschrieben.

Wer war denn nun wirklich der Nikolaus?

7

NIKOLAUS UND DIE KRAMPUSSE
IN SALZBURG

Das Adventssingen im Festspielhaus war ein großartiges Erlebnis. Beeindruckend, das Bühnenbild mit den Bergen und den Almhütten. Die alpenländischen Gesänge, so anrührend vorgetragen, versetzten die Zuschauer in eine besinnliche Stimmung.

Doch der Abend war noch nicht zu Ende. Ein Tisch im St. Peter-Keller war für uns reserviert und ein gutes Abendessen sollte diesen besonderen Abend beschließen. Schon im Eingangsbereich stauten sich die Gäste. Als wir langsam an der Spitze der Schlange angekommen waren, nahm uns ein Kellner in Empfang und ging voraus. Doch er ging nicht die Stufen in den Keller hinunter, sondern leitete uns in den ersten Stock hinauf. Wir hatten doch Plätze im Keller gebucht. Aber mal sehen, wohin wir kommen würden. Sehr schön adventlich geschmückt waren die Räume, an denen wir vorbeikamen. In jedem einzelnen hätte ich gerne den

Abend verbracht. Es kam jedoch viel besser. Am Ende des Ganges öffnete sich der Blick in den wunderschönen barocken Saal, der früher einmal eine Kapelle gewesen war. Hohe, schmale, gotische Kirchenfenster zogen den Blick auf sich. Darunter standen mit sehr schönem natürlichem Weihnachtsschmuck behängte Tannenbäume. Dieser allein schon wunderbare Raum wurde durch die adventliche Dekoration zu einem wahren Weihnachtstraum. Und hier bekamen wir einen Tisch für unser spätes Mahl. Welch eine Überraschung und ein großes Glück. Das hätten wir uns nicht träumen lassen. Vor allem, weil das Haus schon seit vielen Monaten ausgebucht war. Leise Klänge, Mozart natürlich, füllten den Raum. Hier fühlten wir uns sofort sehr wohl und es würde ein wunderschöner Abend werden. Nach einem sehr guten Menü gab es für uns nur ein Dessert: Salzburger Nockerln!

Gerade waren sie serviert, da wurde es im Haus laut. Türen schlugen, ein Gepolter und Gestampfe begann, Füße rannten, animalische Laute, Kreischen und Johlen drangen in unseren Saal. Einige junge Frauen sprangen erschrocken auf und flüchteten in die nahegelegenen Waschräume. Was war denn jetzt los? Wir saßen erschrocken vor unseren Nockerln und wussten gar nicht was im Haus passierte. Auf einmal sprang eine monströse Gestalt durch die offene Tür. Dann noch eine und noch drei, vier dieser furchteinflößenden Gestalten tobten lärmend in den Raum hinein. Erschrocken blickten alle Gäste auf diesen Aufruhr. Zum Fürchten sahen diese Kerle aus. Mit Tierfellen waren sie behangen. Hörner und Zweige thronten als Schmuck bedrohlich auf ihren Köpfen. Weiße Tierknochenmasken verdeckten ihre Gesichter. Dicke Stöcke schwangen sie in den Händen und mit ihren Kuhglocken machten sie einen Höllenlärm. Sie sprangen im Raum umher, stießen urige Schreie aus, zogen junge Frauen von ihren Sitzen und schubsten sie unsanft im Raum umher. Anderen zogen sie an den Haaren. Ich hätte mich gern unter dem Tisch versteckt. So etwas urtümliches, archaisches, erschreckendes hatte ich noch nie gesehen. Es war zum Fürchten. Eine Weile ging ihr schlimmes Treiben so. Doch dann rief eine ruhige, starke, freundliche Stimme die Monster zurück. Sofort gehorchten sie. Es waren nämlich die Krampusse oder auch Perchten genannt. Sie sind die Berggeister der wilden Berchta, die in der dunkelsten Jahreszeit die Bewohner der Bergregionen heimsuchten. Winterdämonen, das waren die Monster, die in den Bergen ihr Unwesen trieben. Doch einem gehorchten sie sofort, nämlich dem Nikolaus. Dieser Nikolaus stand nun in der Eingangstür. Mit der Bischofsmütze und dem Bischofsstab, in vollem Ornat, rief er mit starker Stimme die Berggeister zurück. Mit freundlicher Stimme grüßte er die Anwesenden, wünschte ihnen eine besinnliche Advents- und Weihnachtszeit, gab seinen Segen in den Raum und trat dann mit seiner wilden Meute den Rückzug an.

Eine Weile brauchten alle Gäste des Raumes, um sich von dem Schrecken zu erholen. Die geflüchteten jungen Frauen kamen wieder zurück, sie kannten das Spektakel schon. Wir ließen uns die luftigen, süßen Salzburger Nockerln schmecken und dann war dieser besondere, eindrucksvolle, wunderschöne Abend fast vorbei.

Auf dem Heimweg in unser Hotel ließ der Himmel noch weiße Flocken auf uns herunter schweben. Der erste Schnee in diesem Jahr. Wie passend! Wir bummelten durch die wunderschön adventlich geschmückten alten Gassen und Plätze dieser so schönen Stadt. In dieser stillen, verschneiten, weihnachtlichen Atmosphäre mochten wir gar nicht in unser Hotel zurückgehen. Das war Weihnachten für uns!

8

DIE KEKS-ZUSAMMENKUNFT

Puh, endlich raus aus der Hitze! stöhnte der Butterkeks. Das war nicht mehr zum Aushalten. Fast wäre ich so braun geworden, wie du Schokoladentaler. So dunkel kannst du gar nicht werden, dazu fehlen dir einfach die inneren Werte, brüstete sich der Schokoladentaler.Ich bin auch noch ganz erschöpft, klagte das Vanillekipferl. Erst lassen sie mich nicht mal eine Minute Luft schöpfen nach der Tortur der Hitze in diesem Backofen genannten dunklen Gefängnis. Dann, wenn ich noch so zart und zerbrechlich bin, nehmen sie mich in ihre großen plumpen Hände und wälzen mich in diesem süßen Zeug herum, das sie Zucker nennen und dann jammern sie, wenn sie mich zerbrochen haben. Dabei sehe ich doch so schon schön aus. Wenn ich nur mal ein wenig Luft holen könnte, ein paar Minuten in der kühlen Luft stehen, dann wäre ich doch stabiler und das süße Zeug würde trotzdem an mir kleben bleiben. Ja, sagte der Lebkuchen, mir verpassen sie noch eine Schokoglasur, als ob ich nicht von Natur aus schön braun wäre. Mich haben sie vor meiner Umwandlung gerollt und gedrückt und dann in dieses stickige Plastik gehüllt, in dem ich überhaupt keine Luft mehr bekommen habe. Dann wurde ich noch in die Kälte dieses sogenannten Kühlschranks gelegt. Brrr, war das kalt, ich habe so gefroren. Wenn ich gekonnt hätte, hätte ich vor Zittern das ganze Plastik um mich herum herunter gezittert. Und das Schlimmste, sofort danach steckten sie mich in dieses furchtbar heiße, Backofen genannte, schwarze Loch. Von einem Extrem in das andere. Vor lauter Schreck habe ich ganz viele dunkle Pünktchen bekommen. Wie sieht denn das aus auf meiner blassen Haut. Da muss man sich doch schämen, wenn man solche dunklen Pünktchen im Gesicht hat. Und sie freuen sich noch darüber und nennen mich Heidesand! Wenn ich das schon höre! Heidesand! Dabei bin ich aus guter Butter, feinem Zucker und staubfeinem Mehl gemacht. Ich bin doch kein schnöder Sand von der Straße.

Ja, diese Menschen, sie sind schon komisch, brummte der Stollen aus seiner Ecke.

Zuerst kneten und walken sie einen durch, dann mischen sie mit brutaler Kraft noch solche komischen Dinge wie Rosinen und Zitronat in mich hinein. Dann formen sie mich in komische lange Rollen und lassen mich einfach eine ganze Nacht allein in der Dunkelheit stehen. Da muss ich mich doch aufplustern und vor lauter Angst groß machen. Wer denkt denn schon an mich, ob ich mich fürchte, allein in einem dunklen Raum, den ich gar nicht kenne und keiner ist da, der mein angstvolles Rufen hört. Doch am nächsten Morgen geht die Tortur weiter. Dann stecken sie mich in dieses schwarze Loch, genauso wie euch. Aber ich kriege die höchste Hitze ab. Ein Schock!! Sofort zieht sich meine Haut zusammen, doch das hilft ihr auch nicht, sie wird zwar fest und braun und schützt so das weiche Innere, doch es geht noch über eine Stunde weiter mit der Hitze. Dann komme ich endlich aus diesem schwarzen Loch heraus, kann wieder Luft holen. Sofort streichen sie mich mit diesem flüssigen Zeug ein, das sie Butter nennen, stäuben mir feinen weißen Puder auf meine schön braune Haut. Ich kann gar nicht mehr atmen und sehe aus wie unter Schnee begraben. Ich habe schon aufgehört zu jammern und kann nur noch resignieren.

Und mit meinem Teig machen sie immer diese fürchterliche Prozedur, klagte das Ausstecherle. Erst kneten sie mich wie verrückt, dann kommt dieses schwere hölzerne Ding und bearbeitet mich, bis ich breit und dünn bin. Aber dann wird es noch schlimmer, sie nehmen so ein metallenes Ding und stechen in mich hinein. Aua, rufe ich, aua, aua, das tut doch weh wenn ihr mich so stecht. Aber glaubt ihr, sie hören meine Schreie? Nein, es geht so weiter, bis ich ganz zerlöchert bin und nur noch still vor mich hin jammern kann. Wenn sie dann alle Sterne, Herzen, Glocken und dieses ganze Zeug aus mir herausgepresst haben, kommt auch für mich das schreckliche schwarze Loch, in dem ich so furchtbar brenne, dass ich manchmal ganz braun, viel zu braun werde. Dann mögen sie mich noch nicht mal und ich werde aussortiert".
Was ist das nur für ein schreckliches Verhalten von diesen Menschen. Sie verdrehen zwar die Augen, wenn sie uns dann noch zerbeißen und hinunterschlucken. Fast sieht es aus, als würden sie uns mögen, als

würden wir ihnen schmecken. Diese Keks-
Fresser!! Sie haben keinen Anstand und
kein Gefühl für uns. Könnten sie uns nicht
schön ausgebreitet, nebeneinander liegend,
tagelang aufheben? Dann könnten wir uns
nach diesen schlimmen Torturen erst einmal zusammen erholen, könnten plaudern
und uns austauschen, auch über schöne
Dinge, wie gut wir aussehen und so weiter.
Denn manche von uns werden ganz liebevoll geschmückt und möchten in ihrem guten Aussehen erhalten bleiben. Andere sind
stolz auf ihre braune Haut, als wären sie gerade vom Strand gekommen. Wieder andere freuen sich über ihre zarte, helle Haut
und brüsten sich, nicht lange in der heißen
Tortur gewesen zu sein. So könnten sie uns
noch eine Weile unser eigenes Vergnügen
lassen. Das wäre doch schön, wenn wir alle
auf einem großen Teller zusammen liegen
und uns viele Abenteuer erzählen könnten.
Damit wären wir Kekse alle zufrieden und
getröstet.

9

UNHEIMLICHE NACHT

An diesem Winternachmittag war es früh
dunkel geworden. Dichtes Schneetreiben
wehte um das Haus und die Kälte ließ alles
erstarren. Mit Freunden saß Hannah, die
Rangerin, am flackernden Kaminfeuer und
erzählte diese wahre Geschichte, die ihr Vater einst erlebt hatte.

Es war eine mondlose Nacht als Mika Hek-
kinen kurz vor Mitternacht seinen Dienst im
Forstamt beendete. Um schnell nachhause
zu kommen, nahm er die Abkürzung durch
den Wald. Tief verschneit und still war der
Wald um ihn herum und die Kälte biss in die
Haut. Auf seinen neuen Langlaufskiern kam
er gut voran. Die Abkürzung am Moor entlang durch den Wald hatte er schon unzählige Male genommen. Ganz in Gedanken
versunken glitt er auf seinen schmalen Bret-
tern dahin.

„P A F F" machte es auf einmal. Mit einem Knall explodierte der Schnee vor ihm und etwas unheimliches Schwarzes schoss zum tiefdunklen Himmel hoch. Abrupt blieb Mika stehen, ein Riesenschreck durchfuhr ihn. Was war das? Der Schnee leuchtete weiß vor ihm. Die dunklen Bäume standen tiefschwarz und schweigend um ihn herum wie eine undurchdringliche Wand. Kein Laut war weit und breit zu hören, nur hin und wieder ein leises Knacken. Mika lauschte, sein Herz klopfte schnell und das Blut rauschte ihm in den Ohren. Doch es tat sich weiter nichts. Die Stille um ihn herum war greifbar dicht. Die schweigenden Bäume kamen ihm jetzt bedrohlich vor. Es war, als legte sich ihm etwas auf die Brust und machte ihm das Atmen schwer. So stand er eine Weile und versuchte dieses bedrohliche Gefühl von sich abzuschütteln. Als er sich etwas gefasst hatte, setzte er ganz langsam, Schritt vor Schritt seinen Weg fort. Doch nach einigen Schritten machte es wieder „P A F F". Erneut stob der Schnee nach oben und wieder wurde etwas unheimlich Schwarzes gen Himmel geschleudert. Wieder blieb Mika wie angewurzelt stehen.

„Was ist das nur?" fragte er sich „noch nie habe ich so etwas gehört und gesehen. Ist da Jemand?" rief er in den Wald. Seine Stimme gehorchte ihm nicht so richtig. Die Worte kamen zittrig und leise aus ihm heraus. „Was soll ich machen, fragte er sich. „Zurück gehen? Das ist zu weit. Ich muss die Abkürzung durch diesen unheimlichen Wald zu Ende gehen." Jetzt doch angstvoll, mit eingezogenem Kopf und hochgezogenen Schultern spurtete Mika auf seinen Langlaufskiern so schnell er konnte vorwärts. Doch es half ihm nichts. Je schneller er lief, desto schneller „Paffte" es um ihn herum. Wieder blieb er zitternd vor Angst stehen. Er blickte mit weit offenen Augen rings umher, damit ihm nur ja keine Bewegung entging. Die Ohren nahmen jedes noch so kleine Knacken wahr. Doch wenn er still stehen blieb, blieb alles ruhig.

„Ich lasse mich doch nicht verrückt machen", beruhigte sich Mikka. „Probiert hier Jemand neue Waffen aus und wir im Forstamt wissen nichts davon. Oder gar ein besonderes Feuerwerk? Es wird doch wohl keine Sprengladung gelegt sein?" Diese Gedanken schossen Mika durch den Kopf. Jetzt setzte er vorsichtig und ganz langsam seinen Weg fort. Es wäre blöd, wenn er in eine Sprengfalle fahren würde. Aber es nahm kein Ende. Immer wieder nach einigen Metern explodierte der Schnee vor ihm und etwas Schwarzes stob in den Himmel.

„Wenn ich nur erst aus diesem verhexten Wald heraus wäre. So höllisch unheimlich wie es hier ist, das nimmt mir die Luft zum Atmen und ich komme kaum noch vorwärts. Hoffentlich werde ich nicht von irgendetwas getroffen". Mika erschauerte, zog den Kopf noch tiefer in den Kragen. Die Beine gehorchten ihm kaum noch: Am ganzen Körper zitternd wollte Mika nur noch nachhause. Hätte er bloß nicht diese Abkürzung genommen. Obwohl, er hatte sie doch schon öfter genommen, wenn er vom Nachtdienst kam. Sie ersparte ihm einige Kilometer rund um das Moor. Geister- und Gruselgeschichten mochte Mika nicht. An Spuk glaubte er auch nicht. Der Wald war ihm immer ruhig und friedlich vorgekommen. Er kannte sich doch seit Kindertagen hier aus. Aber so etwas Unwirkliches, Unheimliches hatte er noch nie erlebt und auch noch nie von anderen gehört. Hatte sich in dieser Nacht alles gegen ihn verschworen? Diese Vorfälle konnten doch nicht mit rechten Dingen zugehen. Endlich sah Mika sein Haus still im Schnee vor sich liegen. Einige Fenster leuchteten tröstlich in die Nacht. Noch ein letzter Endspurt, dann war er vor seiner Haustür. Erleichtert atmete er auf. Zuhause angekommen, wollte er nur noch in sein Bett, sich die Decke über den Kopf ziehen, damit der Spuk des Waldes ihm nichts mehr anhaben konnte. Traumlos schlief er bis zum Morgen.

Im hellen Morgenlicht dachte er nochmal an das unheimliche Erlebnis der vergangenen Nacht. Eigentlich müsste das Ganze doch mit normalem Menschenverstand aufzuklären sein. Kurz entschlossen packte Mika seinen Rucksack. Tat ein mit Elchschinken belegtes Brot und eine Thermosflasche mit heißem Johannisbeersaft hinein. Er schnallte seine Langlaufskier an und machte sich auf den Weg zur Abkürzung im Moorwald. Es ließ ihm keine Ruhe, er musste nachsehen, was sich letzte Nacht dort ereignet hatte. Auf dem Weg angekommen, sah er, die Schneelöcher waren noch da. Er untersuchte die ersten beiden und fand darin, ganz überraschend, ein paar schwarze

Federn. Er ging nun von Schneeloch zu Schneeloch. Fast in jedem fand er diese schwarzen Federn. „Das sieht ja aus wie Satans-Kult," dachte er bei sich. „Doch hier bei uns im Moorwald?" Er untersuchte die Federn und blickte dann ganz irritiert. Konnte das sein? Diese schwarzen Federn sahen aus wie Federn von Auerhühnern. Nachdenklich stand er da und überlegte:

„Hatten sich etwa Auerhühner in kleinen Schneemulden einschneien lassen, um so der großen Kälte zu entgehen? Und, waren sie von seinen Schritten, der Vibration im Waldboden, im Schlaf gestört und voller Angst vor Fressfeinden wie von Katapulten in den Himmel geschossen?" Fragen über Fragen.

Aber da vorne war ja noch ein Schneehügel. Könnte es sein, dass ein Auerhuhn verschlafen und nichts mitbekommen hatte? Vorsichtig näherte sich Mika dem Schneehügel. Sacht schob er mit seinem Skistock den Schnee beiseite. Merkwürdig, in der Öffnung zeigte sich nichts Schwarzes, sondern etwas Grünes. Mika stutzte. Vorsichtig schabte er weiter den Schnee fort. Erschrocken zuckte er zurück. Beugte sich dann vorsichtig vor und blickte er in die freigelegte

Öffnung. Was er dort sah, ließ ihm den Atem stocken. Aus einem schneeverkrusteten Gesicht schauten ihn blicklose, starre, tote Augen an.

Entsetzt floh Mikka aus dem Wald.

10

FILZMOOS IM WINTER

Zum ersten Mal fuhr ich allein in den Winterurlaub. Gerade 18 Jahre alt war ich und liebte den Winter in den Bergen. Richtig Skifahren hatte ich einige Jahre vorher gelernt und so traute ich mir zu, allein zwei Wochen Winterurlaub zu verbringen. Den Ort kannte ich. Im Jahr zuvor war ich mit meiner Freundin hier gewesen. Dieses Mal wohnte ich bei einer sehr netten jungen Familie. In diesem Winter hatte Frau Holle ihre Betten ausgiebig gut geschüttelt und sehr viele Schneeflocken auf die Erde rieseln lassen. Hier lag so viel Schnee, das Haus war ringsherum tief eingeschneit. Das Fenster meines Zimmers im Erdgeschoss war vollkommen vom Schnee bedeckt war. Ich konnte es nicht öffnen und im Zimmer herrschte tagsüber ein diffuses Licht, nicht richtig hell und nicht richtig dunkel. Aber das war mir egal, ich wollte nur draußen im Schnee sein und ins Zimmer kam ich nur zum Schlafen. Der kleine Vorgarten vor dem Haus lag vollkommen unter hohem

Schnee begraben. Der Weg zum Haus war inzwischen zu einem Tunnel ohne Dach geworden. Zwei Meter hoch türmte sich die weiße Pracht und bildete hohe Seitenwände, über die man nicht hinwegschauen konnte. Der Hauswirt musste jeden Morgen aufs Neue den Weg frei schaufeln, damit man überhaupt aus dem Haus kommen konnte.

Für eine Woche hatte ich mich zu einem Skikurs angemeldet und war einer fortgeschrittenen Gruppe zugeteilt. Meistens schien die Sonne von einem blauen Himmel und das Skifahren machte großen Spaß. Das erste „Abenteuer" erlebte ich beim Hochfahren mit einem älteren Schlepplift. In diesem Ort gab es noch nicht lange Skitourismus und entsprechend waren auch die Lifte etwas angejahrt. Doch das machte uns jungen Leuten nichts aus. Die Hauptsache war, wir kamen den Hang hinauf und konnten in Kurven oder im Schuss hinunterfahren. Dieser Lift also, hatte einen dicken, langen Bügel, an den man sich zu viert dranhängen musste. Nicht wie bei den modernen Schleppliften, an denen man zu zweit einen Bügel bekommt, um sich mit dem Hinterteil anzulehnen. Also war es jedes Mal ein Spaß, wer innen und wer außen anfassen musste. Einmal kamen wir oben an, der Bügel sollte gleichzeitig losgelassen, um hochgezogen zu werden. Irgendjemand hatte wohl zu spät losgelassen. Jedenfalls schwang der Bügel an einer Seite hoch und knallte mir genau unter das Kinn. Kleine Sterne sah ich, blieb aber aufrecht, doch durch meine Unterlippe hatten sich meine oberen Zähne gebohrt und sie fast durchgebissen. Schmerzvoll für mich, lustig für meine Freunde, ich bekam nämlich eine so dicke Lippe, über die sich alle amüsierten und blöde Sprüche rissen.

An einem anderen Tag war unsere Gruppe zu einer Skiwanderung zu einer höhergelegenen Almhütte aufgebrochen. Der Aufstieg war etwas Besonderes, es mussten Felle unter die Ski geschnallt werden und das war neu für mich. Die Felle verhinderten mit ihren Haaren, dass der Ski zurückrutschte. So konnten steilere Wege und Hänge gut überwunden werden. Doch irgendwann wurde es zu steil, so dass auch die Felle wegrutschten. Es hieß abschnallen und zu Fuß weitergehen. Bis über die Knie sanken wir im tiefen Schnee ein. Das machte das Gehen sehr anstrengend. Der Skilehrer setzte sich an die Spitze und bahnte die Spur. Jeder trat in die Fu9stapfen des Vorhergehenden. Doch lang war diese schwierige Strecke nicht, dann hatten wir unser Ziel erreicht. Die Berghütte lag in der Sonne vor uns. Da damals die Winter meistens sehr schneereich waren, hatte diese Hütte einen Sommereingang und einen Wintereingang. Der Sommereingang lag vollkommen unter dem Schnee begraben und war nicht zu sehen. Über den Wintereingang stiegen wir in die erste Etage ein. Bald loderte im gemauerten Herd ein prasselndes Feuer. Wasser für einen heißen Tee kochte schnell und wir konnten unsere mitgebrachte Brotzeit verspeisen. Die hatten wir uns jetzt redlich verdient. Mit einer Skikameradin ging ich nach draußen. Wir legten unsere Skier auf eine kleine Schräge im Schnee. Das war fast wie ein Liegestuhl und wir konnten uns darauflegen und ein Sonnenbad in der herrlichen Bergluft mit Blick auf die verschneiten Bergspitzen ringsherum genießen. Es gab nichts Schöneres für mich an diesem Tag. Nach einer Weile drängte der Tee und wollte uns wieder verlassen. Wo also war das „Örtchen"? Wir fragten unseren

Skilehrer, wo im Haus das „Örtchen" wäre. Er schaute uns lachend an und sagte: „Ihr sitzt gerade darauf!" Unsere erstaunten, fragenden Gesichter brachten ihn noch mehr zum Lachen. Er ging mit uns nach draußen, zeigte auf unsere schräge Sonnenliege, konnte sich dabei kaum halten vor Lachen und sagte:

„Ihr liegt auf dem Dach des Klohäuschens!" Oh je, das war ein Spaß. In diesem Winter gab es einfach zu viel Schnee. Doch irgendwie halfen wir uns eben auf andere Art.

Die Abfahrt auf den Skiern auf unberührtem, in der Sonne glitzerndem Schnee war ein Traum. Nur einmal bremste uns der Skilehrer. Als wir gerade über ein wunderbar breites unberührtes Schneefeld fahren wollten, konnte er uns gerade noch stoppen. Er erklärte uns, wenn wir dieses Schneefeld querten, könnte es durch unsere Spur abreißen, eine große Lawine auslösen und uns mitreißen. So ein Schneebrett dürfte nie überquert, sondern immer nur am Seitenrand und möglichst steil gefahren werden. Das war eine Lektion fürs Leben.

Am Ende der Woche, als der Skikurs zu Ende war, hatte ich noch einige Tage Zeit für mich. Ich beschloss, noch einmal eine Ski-wanderung zu unternehmen. Diesmal nicht in die Höhe, sondern weiter in das Tal hin-ein, soweit ich fahren konnte. Es war eine wunderschöne Tour immer mit Blick auf die zwei hohen Bergspitzen der „Bischofs-mütze". So heißt der Berg, er sieht auch aus wie eine Bischofsmütze. Wieder lachte die Sonne, der Schnee glitzerte und die Stille in diesem Tal war großartig. Meine Ski zogen eine Spur in dem unberührten Schnee und nur das Gleiten war zu hören. Hin und wie-der fiel Schnee von den Tannen, mal zwit-scherte ein Vogel und manchmal rauschte in der Ferne eine Lawine ins Tal. Doch das war weit weg und betraf mich auf meiner Tour nicht. Nachdem ich das Ende des Tales er-reicht und die grandiose Bergwelt um mich herum ausgiebig bewundert hatte, kehrte ich wieder um. Auch der Rückweg war noch eine wunderbare Skitour. Die ersten Häuser des Ortes kamen in Sicht. Doch ich wollte meine schöne Wanderung noch nicht been-den und suchte mir einen Platz wo ich in der Sonne sitzen und die Schneelandschaft noch ein wenig genießen konnte. Ringsumher sah ich allerdings nichts, wo ich mich hätte draufsetzen können. Doch, da ragte etwas Niedriges aus dem Schnee. Das würde für eine kurze Rast schon reichen. Die Ski schnallte ich ab und hockte mich auf dieses kleine Etwas. Das Gesicht in die Sonne gehalten, die reine Schneeluft atmend und die himmlische Stille ringsum genießend, saß ich eine ganze Weile hier. Hin und wieder bewegte ich wohl meine Füße und trat damit eine Mulde in den Schnee. Nun wurde es Zeit zurückzugehen. Ich stand auf, schaute auf das Ding, auf dem ich gesessen hatte und staunte nicht schlecht. Was ragte da aus dem Schnee? Es war ein Straßenschild, weiß mit rotem Rand: „Durchfahrt verboten". Und auf der obersten Spitze des Pfahls hatte ich gesessen. So hoch lag der Schnee, dass er das gesamte Straßenschild unter sich begraben hatte und nur oben die Spitze herausragte. Durch das Bewegen meiner Füße hatte ich den Schnee festgetreten und der obere Teil des Straßenschildes war zum Vorschein gekommen. So waren noch richtige Winter!

11

NEUMOND ÜBER DEN HIGHLANDS

So dunkel war die Nacht um Burg Grey Stone noch nie. Heute ist Neumond, weder Mond noch Sterne zeigen sich am schwarzen Himmel. Wie ein Schatten liegt die Burg vor der zerklüfteten Felswand. Ein Schneesturm hatte bereits den Tag verdunkelt. Im Rittersaal mit den alten Rüstungen döst Lord Archi in seinem Sessel vor sich hin, das Glas mit dem goldfarbenen Whisky halb geleert in seiner Hand. Vor dem flackernden Kaminfeuer liegt Yorkshire-Terrier Igel, so genannt wegen seines harten, struppigen Fells. Seine Pfoten zucken im Schlaf und er knurrt leise. Plötzlich zerreißt ein lautes Klingeln, wie von einer chinesischen Fahrradklingel, die Stille. Aufgeschreckt fährt Lord Archi aus dem Sessel hoch. Der Whisky schwappt auf die Schnauze von Hund Igel. Jaulend springt der auf seine Pfoten. Lord Archi schlurft zur großen alten Holztür, schiebt den mächtigen, rostigen Riegel zurück und schaut zögernd hinaus in die Dunkelheit. Die alte

Laterne vor dem Burgtor leuchtet nur schwach. Kein Licht erhellt den Rasen vor der Burg. Graue Nebelschwaden vom nahen See wabern dicht um das Gemäuer. Fröstelnd beißt Lord Archi die Zähne zusammen. Au, genau auf sein schmerzendes Zahnimplantat. Auf dem Rasen kommt etwas Großes, Unförmiges, Dunkles auf ihn zu. Ein tiefes Brummen geht von diesem Ungetüm aus. Lord Archis Nackenhaare sträuben sich, sein Blutdruck saust wie eine Achterbahn auf und ab.

„Teufel noch mal, was kommt da auf mich zu?" denkt er noch bei sich. Da erhebt sich eine hellschimmernde Gestalt auf dem Gefährt. Wie eine überdimensionale Herbstzeitlose in Nebelschleier gehüllt sieht sie aus. „Hätte ich bloß nicht mit dem Kickboxen aufgehört, dann könnte ich mich jetzt verteidigen. Doch stattdessen verkrieche ich mich mit meinem Novemberblues am Kaminfeuer, leere einen Whisky nach dem anderen und sehe schon Gespenster." Näher und näher kommt das Ungetüm. Die Gestalt, die auf ihm thront, reckt die Arme hoch in die eiskalte Luft. Winkt sie ihm? Will sie ihn herlocken? Wie festgenagelt steht Lord Archi im offenen Tor, Hund Igel mit gesträubtem Fell und knurrend neben sich. Das unheimlich Dunkle brummt auf ihn zu, es kommt gefährlich nah, hält nicht an.

„Gleich fährt es mich um," denkt Lord Archi noch. Da zerreißt ein grauenvolles Lachen die dunkle Stille. Die Gestalt wirft ihr weißes Tuch hoch, Entsetzt sinkt Lord Archi zu Boden. Mit geschlossenen Augen erwartet er den Todesstoß. Millimeter vor ihm stoppt das Ungetüm. Doch was ist das? Es entpuppt sich als sein neuer Rasentraktor. Das „Gespenst" will sich ausschütten vor Lachen. Seine verschmähte Liebe zeigt sich mit teuflischem Lachen. Sie hat ihm diesen bösen Schrecken eingejagt.

12

WIR HOLEN DEN TANNENBAUM

„Tannenbaumverkauf beim Forsthof im Wald."

So steht es auf den Schildern, die überall im Wald und in unserem Viertel aufgehängt sind. Der alte Holzschlitten aus Kindertagen wird aus dem Keller geholt und steht nun vor der Haustür bereit. Heute soll die Aktion „Tannenbäume selbst schlagen", im Forsthof oben im Wald stattfinden. Das Wetter macht mit, es schneit schon seit dem vergangenen Abend. Dicke Flocken fallen lautlos zur Erde. Garten und Wald sind in Weiß gehüllt. Ein gutes Frühstück sorgt für die nötigen Kräfte damit die Aktion „Tannenbaum selbst absägen" gelingen kann. Gleich nach dem Frühstück starten wir zu unserer Wanderung in den Wald. Warm angezogen, Mütze und Handschuhe wurden nicht vergessen, ziehen wir mit unserem Schlitten los. Eine Säge ist auf den Schlitten gebunden und ein paar Stricke zum Festbinden des Tannenbaumes sind auch dabei. Mal sehen, wie es am Forsthof so zugeht. Im Wald angekommen, staunen wir über die bizarre Schneelandschaft. Die kleinen dick verschneiten Bäume sehen wie verwunschene Gnome aus. Die hohen Bäume lassen beim kleinsten Windstoß eine Ladung Schnee auf die Wanderer herunter rieseln. Selbst die Wege sind dick verschneit und noch unberührt. Nur ein paar Spuren von Wildtieren sind quer über den Weg zu sehen. Vielleicht einige Rehe, die schon früh auf Futtersuche waren. Es ist an diesem Morgen wie in einem Zauberwald. Der Schnee auf den Wegen verschluckt die Schritte, nur das knirschende Gleiten des Schlittens ist zu hören. So gehen wir still und leise und genießen die fast unwirkliche Ruhe und Schönheit dieses Morgens. An einer Kreuzung begegnen uns aus allen Richtungen kommend Menschen ebenfalls mit Schlitten. Viele Kinder sind dabei, machen Schneeballschlachten und lassen sich in den frischen Schnee fallen. Weiter geht unser Weg, dem Forsthof zu. Wir hören schon von weitem angeregte Stimmen im Wald. Einige Menschen sind wohl schon früher aufgestanden als wir. Am Tor zur Tannenschonung warten sie bereits mit Sägen in den Händen. Der Förster kommt und schließt das Tor auf. Es geht los. Schnell verstreuen sich alle im Gelände und suchen den Baum aus, der ihnen am besten gefällt. Einfach ist die Suche nicht. Es gibt so viele schöngewachsene Bäume hier und die Wahl fällt schwer. Durch die dichtstehenden Bäume muss man sich einen Weg suchen. Immer wieder sieht man einen noch schöneren Baum. Ist dieser am schönsten oder war der dort hinten doch besser? Manch einer liebt einen größeren, mancher einen kleineren Baum, Mal dicht und puschelig, mal schlank und hochgewachsen. Jeder findet hier einen besonderen Baum. Die Kinder wuseln zwischen den Bäumen umher. Für sie ist es ein großer Spaß. Auf einmal stehen wir vor einer schönen, halbhohen Tanne. Sie würde in unser Wohnzimmer passen. Wir können sie uns mit den roten und goldenen Kugeln, den Glasvögeln mit den bunten Federschwänzen, unserem schönen alten Weihnachtsschmuck behängt, gut vorstellen. Diese Tanne hier soll es also sein. Mir tut das Bäumchen leid. Es möchte bestimmt noch viele Jahre gerne den Schnee, die warme Sonne oder den kühlen Regen spüren, in die Höhe wachsen und nicht einfach abgesägt werden. Zwar wird es für einige Tage herrlich geschmückt und schön aussehen, doch dann wird es aussortiert und auf den Häckselplatz geworfen. Das Schicksal eines jeden Weihnachtsbaumes. Diese Gedanken verscheuche ich schnell aus meinem Kopf. Die Säge wird vom Schlitten geholt und nach einigem Ritsch und Ratsch, fällt der Baum in den Schnee. Mit dem hübschen Baum gehen wir zum Eingang zurück. Dort warten bereits einige Menschen mit ihren Bäumen. Hier wird jeder Baum durch eine Trommel gezogen, die ihm ein Netz rundherum verpasst, damit er gut nachhause transportiert werden kann.

Nun kommt der schönste Teil dieser Weihnachtsbaum-Aktion. Im großen Holzhaus des Forsthofs, auf einem alten, mit Holz zu heizenden Küchenherd, steht ein großer Topf mit Glühwein und simmert vor sich hin. Der Duft dieses leckeren Getränks zieht schon eine ganze Weile durch die kalte Schneeluft hier draußen und verspricht Wärme, Wohlgeschmack und Fröhlichkeit. Auch an die Kinder hat die Frau des Försters gedacht. Neben dem großen Topf strömt aus einem kleineren der Duft nach Orangen, Zitronen, Apfelsaft und Gewürzen. Viele kleine Hände können sich an den mit heißem Getränk gefüllten Bechern wärmen, wenn sie von den Schneeballschlachten, dem Schneemannbauen und dem Toben in dem frisch fallenden Schnee blaugefroren sind. Für die Kinder gibt es noch etwas ganz Besonderes, nämlich „Stockbrot"! Vor der Tür des Forsthofs wurde von den Waldarbeitern mit ein paar Feldsteinen eine Feuerstelle errichtet. Große Holzscheite lassen das Lagerfeuer hochauflodern und knisternd brennen. Nicht nur die Kinder haben ihre Freude an den prasselnden und knackenden Flammen. Nun beginnt das Stockbrotbacken. Hierfür bringt die Förstersfrau eine Schale mit süßem Hefeteig. Die Kinder bekommen lange Stöcke in die Hände gedrückt, dazu ein Stück Teig, das um das eine Ende des Stocks gewickelt wird. Auf Holzklötzen rund um das Feuer setzen sich die Kinder und halten ihre Stöcke mit dem Teig nahe an die Flammen. Durch die Hitze soll der Teig zu einem Stockbrot gebacken werden. Manches Teil sieht schon ein wenig dunkel oder schon schwarz aus. Vielleicht ist dem Kind der

Stock zu schwer geworden und hat sich in die Flamme geneigt. Oder das Kind wurde abgelenkt, der Stock geriet zu nah an die Flamme und das Brot wurde dabei etwas angekokelt. Doch das stört die Kinder nicht. Das Schwarze wird eben abgekratzt, das helle Innere wird schon noch schmecken. Und, am Feuer selbst gebackenes Brot ist doch etwas ganz Besonderes. Ein wunderbarer Duft entströmt den frischgebackenen Stockbroten und vermischt sich mit dem der rauchenden Flammen. Die Kinder sitzen ganz begeistert mit ihren Stöcken vor dem Feuer. Sie sind gespannt, manche auch etwas ungeduldig und können kaum abwarten, bis das Stockbrot gar gebacken ist. Doch alle haben leuchtende Augen.

Unter einem Holzdach sind dicke Eichenfässer als Tische aufgestellt. Hier stehen die Erwachsenen zusammen und lassen sich den heißen, duftenden Glühwein schmecken. Wir treffen Leute aus der Nachbarschaft. Einige haben wir seit Monaten oder sogar Jahren nicht mehr gesehen. Ich lehne gerade an einem der Fässer, wärme meine kalten Finger am heißen Becher und probiere die mitgebrachten Weihnachtsplätzchen. Da entdeckt mich eine Freundin, die mit ihrem Mann soeben einen Tannenbaum erstanden hat. Wir haben uns schon mindestens zwei Jahre nicht mehr gesehen. Überrascht und glücklich fallen wir uns in die Arme. Die beiden sind in einen anderen Stadtteil gezogen und so haben wir uns aus den Augen verloren. Hier am Forsthof beim Tannenbaumverkauf treffen wir uns nun wieder. Die Stimmung hier mitten im Wald, von Schneeflocken umtanzt, den warmen, anregenden Glühwein im Becher, bei fröhlichen Gesprächen, ist so anheimelnd, keiner möchte diesen gemütlichen Platz verlassen. Doch irgendwann läutet die Glocke der alten Kirche in der Stadt die Mittagszeit. Nicht nur die Kinder haben inzwischen Hunger bekommen. So trennen sich die Wege wieder. Jeder zieht mit seinem Schlitten, jetzt beladen mit einer grünen Fracht, die Waldwege entlang, die nachhause führen. Noch längere Zeit hört man von da und dort fröhliche Stimmen durch den Wald schallen. Entfernt höre ich auch Adventslieder, von Kinderstimmen, nicht immer mit dem richtigen Ton, aber laut und fröhlich gesungen. Zufrieden kommen wir zuhause an. Unser

Tannenbäumchen wird aus seinem Netz befreit und bekommt auf dem Balkon einen guten Platz. Dort kann er noch die Tage bis zum Weihnachtsfest stehen und die Vögel werden ihn besuchen. Am Weihnachtsabend wird er dann in voller Schönheit erstrahlen und im Lichterglanz zeigen, wie schön er gewachsen ist. Sein intensiver Tannenduft wird das Zimmer erfüllen und uns wieder an den wunderschönen Morgen im verschneiten Wald erinnern.

13

HEXEN-SABBAT

Es war im Februar, ich besuchte meine Freunde im Schwarzwald. In der kleinen Stadt, in der sie wohnten, war gerade Fasnet. Das hatte hier lange Tradition und wurde sehr intensiv gefeiert. Am Samstagabend nahmen mich meine Freunde mit zu einem ungewöhnlichen Ereignis. Groß und Klein versammelte sich auf dem historischen Marktplatz, um dieses besondere Ereignis mitzuerleben. Ich war gespannt, was wohl passieren würde. Nacht war es geworden, der Marktplatz nur von einigen Lampen erleuchtet. Die Spannung stieg und nun ging es los:

Düstere Nacht liegt über dem Städtchen. Nebelschwaden wabern über den historischen Marktplatz. Raunen, Gemurmel und leises Lachen gehen von den vielen Menschen aus, die sich hier drängen. Erwartungsvoll halten sie Ausschau. Die Uhr am Kirchturm schlägt die volle Stunde. Das Raunen wird leiser und leiser. Alle Blicke richten sich auf die Mitte des Platzes. Ein Feuer lodert hier und auf dem Feuer ein großer, runder, schwarzer Kessel. Dampf steigt heraus und es brodelt darin. Daneben wird ein hoher Aufbau aus Zweigen und Moosen sichtbar. Dumpfe Trommelschläge hört man von fern. Die Leute recken die Köpfe. Da, ruft einer, sie kommen. Das Gemurmel wird lauter und lauter. Auf wen warten sie?

Aus dem Dunkel am Ende der Straße zeigen sich merkwürdige Gestalten. Sie hüpfen und springen, fegen mit ihren Besen über die Köpfe der am Weg stehenden Menschen. Langsam kommen sie näher und näher. Fangen da eine junge Frau, nehmen dort eine andere auf die Schulter und schleppen sie eine Weile mit sich. Zum Fürchten sehen sie aus. Gekrümmte Nasen, verzerrte Münder. Singen und kreischen, lachen und grölen. Schaurig hört es sich an. Gleich sind sie am Platz.

Da, in ihrer Mitte, eine große dunkle Gestalt, ein riesenhafter pelziger schwarzer Kopf, die großen Hörner nach beiden Seiten weit abstehend. Er sieht aus wie ein dickes, schwarzes Tier mit gruselig menschlichen Gesichtszügen. Ein dunkles Gesicht wie eine

teuflische Fratze. Die Kinder nehmen Reiß-
aus und verstecken sich zwischen den Beinen der Menschen um sie herum. Das ist zu
gruselig und sieht zum Fürchten aus.

Nun sind sie auf dem Marktplatz angekommen. Die große schwarze Gestalt steigt
auf den Hügel vor dem schwarzen Kessel.
Das Feuer unter dem Kessel brennt heller.
Die Hexen sind da! Sie folgen dem Teufel,
werfen etwas in den Kessel. Es zischt und
brodelt und dichter Rauch steigt aus dem
Kessel. Auch ins brennende Feuer werfen sie
etwas. Es knallt und kracht. Grün, rot und
blau stieben die Flammen in die Dunkelheit.
Hier ist wirklich „der Teufel los"! Um das
prasselnde Feuer tanzen die Hexen ihren
schaurigen Tanz. Manch eine springt, auf ihren Besen gestützt, sogar über das Feuer. In
der Hexen-Tracht mit ihren schaurigen Mas-
ken unter den roten Kopftüchern geben sie
im Schein des bunt auflodernden Feuers ein
gespenstisches Bild ab. Mancher Strohschuh
sieht schon etwas schwärzlich angekokelt
aus von den Sprüngen über das lodernde
Feuer.

Der Teufel in seiner furchterregenden
Größe setzt zur Sabbat-Rede an.

„Hexe, Hexe stelze, rab' vom Kandel Felse",
dröhnt die dunkle, mächtige Stimme über
den Platz. Er ruft die Hexen und sie müssen
ihm Gehorsam und Treue schwören. Er be-
fiehlt ihnen, „die Kühe der Bauern zu verhe-
xen, damit sie keine Milch mehr geben,
schlecht Wetter mit Blitz und Donner zu be-
schwören, damit das Korn auf den Feldern
verdirbt, Zaubertränke zu bereiten, um die
Menschen zu verwirren."

Einige „neue" Hexen werden in den Kreis
gerufen. Auch sie müssen dem Teufel Gehorsam und Treue schwören und werden in
die Hexenkünste eingeweiht. Nun sind sie
zu Hexen ernannt und in des Teufels Gefolge
aufgenommen.Wie gut, dass so viele Menschen, so nah beieinanderstehen. Keiner
braucht sich zu fürchten. Selbst die Kinder
sind wieder „aufgetaucht" und wollen sich
das Spektakel nicht entgehen lassen. Denn
nun kommt der Höhepunkt. Der Teufel lässt
die Hexen rund um seinen Thron und das
Feuer tanzen.

Auf einmal schauen alle nach oben. Wo
schauen sie denn hin, was kommt denn da?
Über den Köpfen der Menschen, quer über
den Marktplatz kommt eine Hexe auf ihrem

Besen angeflogen. Der hintere Teil des Besens knattert und sprüht Funken. Sie fliegt auf die Mitte des Platzes zu. Doch, da, was passiert jetzt? Der Flug der Hexe stockt, der Besen knattert noch kurz, dann steht er still. Das Getöse und die Funken aus dem Hinterteil brechen abrupt ab. Mitten über den Köpfen der Leute bleibt die Hexe stecken. Leises Lachen hört man aus der Menge, dann immer lauter lachen die Menschen und jetzt feuern sie die Hexe auch noch an. Der Hexe ist nicht ganz wohl auf ihrem stillgelegten Besen. Mit ganzer Kraft versucht sie den Besen wieder „in Gang" zu bringen. Ein paarmal spuckt und stottert das Stroh vom Besen, dann ein Knall und der „Motor" springt wieder an. Die Hexe setzt ihren Flug fort. Die Menge johlt und lacht und klatscht. In der Nähe des Teufels lässt sie sich herab und gesellt sich zu der Hexenschar. Die Hexen-Ordnung ist nun wieder hergestellt. Der Teufel mit seinem Hexengefolge bricht auf und entschwindet in die Dunkelheit, dem Kandelfelsen zu. Dort ist die Hexenbrut zuhause. Auf dem Weg werden wieder einige junge Mädchen geschnappt und ein Stück mitgeschleppt, dann ist der „Spuk" vorbei.

Das altbekannte Lied der „Waldkircher Hex'" wird angestimmt und alle singen mit. Lachend und schwatzend stehen die Menschen noch eine Weile zusammen. Dann trennen sie sich und streben den verschiedenen Gaststätten zu. Der Abend ist noch lang und jetzt wird gefeiert und gelacht und über die steckengebliebene Hexe geschmunzelt.Es ist eben Fasnet ! Narri, narro !!

14

BRICE CANYON

In Utah waren wir schon einige Tage auf unserer Reise durch die USA unterwegs. Der nächste Ort war das kleine „Kanab". Am Ortseingang überraschte uns eine Skulptur des „Wilden Westens". Ein großer hölzerner Leiterwagen stand am Straßenrand, so wie ihn früher die Farmer brauchten, um die Ernte einzufahren. Daneben stand ein hölzernes Gestell. Es sah aus wie ein Galgen und an ihm hing doch tatsächlich eine leblose Gestalt und schaukelte im Wind!!! Beim Näherkommen sahen wir allerdings, dass es sich um eine Puppe in Gestalt eines Mannes handelte. Kanab empfing uns ja wirklich sehr skurril. Was würde uns wohl in diesem Ort noch erwarten? An der Hauptstraße fanden wir ein Motel und entschieden, hier für die nächste Nacht zu bleiben. Dann war es Zeit zum Abendessen und wir gingen in das Restaurant gleich nebenan. Schon der Eingangsbereich entführte uns in die Kulisse eines Westerns. Hölzerne Schwingtüren ließen uns hinein. Drinnen sah es aus wie in einem Blockhaus. Die Wände waren rustikal holzgetäfelt und massive Holztische und Bänke luden zum Sitzen ein. Der Boden war übersät mit Erdnussschalen und auf den Tischen standen kleine Eimer mit Erdnüssen. Ein Schild lud ein, die Nüsse zu essen, die Schalen aber unbedingt auf den Boden fallen zu lassen. Ungewöhnlich für uns. Doch das interessanteste waren die Bedienungen. Sie hatten Westernbekleidung an und jede trug einen breiten Gürtel mit einem Colt!! Ja, richtig, mit einem Schießeisen. Unsere erstaunten Gesichter sprachen Bände. So etwas hatten wir hier nicht erwartet. Zum Glück waren die Ladies sehr nett und wir wurden zuvorkommend bedient. Nicht alle Tage wird man von einem richtigen „Cowgirl" bedient. Die Steaks schmeckten, der Kaffee war typisch amerikanisch, nicht gerade stark, dafür gab es so viel Kaffee wie wir wollten und so hatten wir einen interessanten Abend.'

Der nächste Morgen versprach wettermäßig gut zu werden. Nach einem ausgiebigen Frühstück mit Pancakes und Maplesirup stiegen wir ins Auto und fuhren los. Heute wollten wir den „Brice Canyon" erkunden.

Dieser Canyon liegt auf einer Höhe von 2400 – 2700 Metern. Die Straße schraubte sich höher und höher. Die Sonne verschwand mehr und mehr und dunklere Wolken zogen am Himmel auf. Meine Schwägerin saß am Steuer, sie war eigentlich das Fahren auf kurvigen Bergstraßen nicht gewohnt. Doch, sie fuhr konzentriert und gut. Immer mehr verdunkelte sich der Himmel und je höher wir kamen, sahen die Wolken immer mehr nach Schnee aus. Dann war es soweit. Der Himmel öffnete seine Schleusen und der Schnee fiel. Doch das war kein normaler sanfter Schneefall, das entwickelte sich zu einem richtigen Schneesturm. Die Sicht wurde immer schlechter, der Scheibenwischer des Autos lief schon auf Hochtouren und schaffte es kaum noch, die Scheiben freizubekommen. Tapfer fuhr meine Schwägerin, zwar langsam, aber stetig. Wie lange würde es noch dauern, bis wir endlich oben angekommen wären? Kurve um Kurve schraubte sich die Straße höher. Noch immer war die Passhöhe nicht erreicht. Doch der Schnee fiel dichter und dichter und der Wind blies noch stärker. Dann war es uns zu unheimlich. Man konnte kaum noch die Straße erkennen. Wir hielten an, berieten uns und beschlossen, lieber den Rückweg anzutreten, als noch länger in diesem Schneesturm weiterzufahren und womöglich von der Straße abzukommen. Aufatmend drehte meine Schwägerin um und fuhr im Schritttempo die steile, kurvige Straße wieder hinunter. Je tiefer wir kamen, desto ruhiger wurde das Schneegestöber. Erschöpft und sehr erleichtert kamen wir an unserem Motel wieder an. Diese Fahrt war wirklich ein Abenteuer und, obwohl wir auf dieser Reise schon so einiges erlebt hatten, waren wir doch heil froh, gesund und ohne Unfall diese Straße herunter gekommen zu sein. Noch einmal ließen wir uns im Western-Restaurant von den netten „Cowgirls" verwöhnen. Nach einem Whisky zur Entspannung nach dieser abenteuerlichen Fahrt konnten wir dann gut schlafen. Nach einer ruhigen Nacht weckte uns am Morgen strahlende Sonne und ein blitzblauer Himmel. Heute, so beschlossen wir, würde der Brice Canyon uns sicher mit besserer Sicht und entspannter Fahrt auf der   Bergstraße empfangen. So war es auch. Die Straße war freigeräumt und ließ sich gut fahren. Oben angekommen empfing uns eine grandiose

Aussicht. Die leuchtend roten spitzen Sandsteinformationen des Brice Canyons waren an diesem Morgen alle mit weißen Schneehauben bedeckt. Diese roten Sandsteintürme sind allein schon unglaublich beeindruckend, doch nun mit den weißen Schneehauben war es ein außergewöhnlich beeindruckender Anblick. Staunend schauten wir auf diese prachtvolle Aussicht und konnten uns kaum losreißen. Während wir noch die wunderbare Aussicht auf uns wirken ließen, kam aus dem Canyon eine Gruppe Wanderer den schmalen Weg hinauf. Sie hatten zwar Bergschuhe an den Füßen, aber sie liefen in kurzen Shorts in dieser Kälte auf den Berg. Sie müssen wohl sehr abgehärtet gewesen sein. Auf der Passhöhe zeigten sich zum Abschied noch wunderschöne leuchtend blaue Vögel und sangen uns ein Abschiedslied.

.

15

MICHA TRÄUMT:
PAPIERDRACHENS REISE

An diesem trüben, dunklen Nachmittag sitzt Micha am Fenster in der Küche und schaut hinaus. Draußen fällt leise Schnee und im Haus ist es still. Micha schaut in das und träumt so vor sich hin. Ob morgen so viel Schnee liegen wird, dass er den Holzschlitten herausholen und mit seinem Vater am Hang neben der Wiese rodeln könnte? Ein kleiner Vogel setzt sich draußen auf das Fensterbrett. Micha fällt ein, er muss unbedingt noch Vogelfutter für das Futterhäuschen besorgen. Das leise Schneetreiben macht ihn müde, er legt seine Arme auf die Fensterbank und gleich ist er eingeschlafen. Draußen wird es dunkel und Micha träumt. Er träumt von einem Nachmittag im Herbst, als er auch in der Küche saß:

Ein großes braunes Blatt Papier liegt vor ihm. In einem Eierbecher hat er sorgsam Farbe angemischt. Er überlegt, wie das Gesicht aussehen könnte, das er malen will.

Hoch konzentriert überlegt er und merkt nicht, dass seine kleine Zunge vorwitzig aus seinem halboffenen Mund hervorspitzt. Es soll ein besonderes Gesicht werden, denn Micha möchte mit seinem Vater einen Papierdrachen basteln. Am Sonntag, wenn guter Wind weht, wollten sie auf die große Wiese vor dem Haus laufen und diesen Drachen steigen lassen. Darauf freut sich Micha sehr. Doch wie sieht so ein Papierdrachen aus? Er hat noch nie einen gesehen. Welche Augen hat er? Einen lachenden großen Mund oder einen kleinen spöttischen? Das große braune Papier liegt geduldig vor ihm und wartet. Der Drachen soll ein lustiges Gesicht bekommen mit großen Augen, damit er auch sehen kann, wohin er fliegen will. Also malt Micha große runde, blaue Augen auf das Papier und darunter einen lachenden Mund. Hat ein Papierdrachen auch eine Nase? Und wie ist es mit Augenbrauen? Micha überlegt und knabbert dabei an seinem Pinsel. Irgendwann lacht ihm ein lustiges Gesicht vom braunen Papier entgegen. So, das ist geschafft. Wenn der Vater nachhause kommt, können wir das Gestell basteln und aus Zeitungspapier noch viele Schleifen falten. Daraus machen wir einen langen Schwanz, dann kann der Papierdrachen hoch in den Himmel aufsteigen. Micha hat sich so angestrengt, seine Augen werden ihm schwer, sein Kopf sinkt auf die Tischplatte und schon ist er eingeschlafen. „Hallo Micha", ruft ihn eine Stimme.

„Wach auf, ich will hinaus auf die Wiese und fliegen, fliegen!!!" Micha reibt sich die Augen. Wer ruft ihn da? Zwei lustige Augen schauen ihn an. Ein großer Mund verzieht sich zu einem breiten Lachen.

„Nun mach schon, ich bin ganz zappelig, draußen lacht die Sonne, der Wind weht ordentlich und ich könnte so hoch fliegen". War das etwa das Papierdrachengesicht, das da zu ihm spricht? Micha stutzt. Noch etwas schläfrig steht er auf. Komisch, der Drachen ist ja schon fertig. Das Gesicht ist auf einem leichten Holzgestellt befestigt, ein langer Schwanz mit vielen Papierschleifen hängt vom Tisch herunter. Doch das lustigste sind die bunten Streifen an den Seiten. Mit ihnen wackelt das Papierdrachengesicht so komisch vor Michas Augen, dass er lachen muss. Jetzt ist er wach, schnappt sich schnell den Drachen und die Spule mit der

aufgewickelten Schnur und läuft aus dem
Haus hinaus auf die Wiese. Der Drachen
lacht über das ganze Gesicht. Schon hat der
Wind ihn gepackt. Micha hält die Spule fest
und lässt die Schnur abrollen. Höher und höher steigt der lachende Drache. Er tanzt mal
hier und mal dort hin. Fliegt hoch und stürzt
kopfüber wieder hinunter, um gleich wieder
noch höher zu steigen. Ein wilder Tanz beginnt. Der Wind nimmt zu. Micha merkt es
kaum, so vertieft ist er in sein Spiel. Er lacht,
rennt und tanzt mit seinem Freund um die
Wette. Doch da, Micha stolpert und die
Spule fällt ihm aus der Hand. Hui, mit einem
Schwung wird der Papierdrachen fortgeris-
sen. Lachend steigt er immer höher und höher. Bald ist er nur noch ein kleiner bunter
Punkt. Entsetzt schaut Micha ihm nach.

„Komm zurück Papierdrache", ruft er. Doch
der Drachen denkt gar nicht daran.

„Endlich, endlich bin ich frei", schreit er.
„Frei wie die Vögel. Jetzt fliege ich, wohin
ich will." Er tanzt, taumelt, legt sich schräg,
macht einen Looping.

„Das ist Freiheit" jauchzt er. „Immer ange-
bunden zu sein, ist doch wie im Knast. Immer muss man das tun, was andere von

einem wollen. Nein, ich will richtig frei sein und fliegen, soweit mich der Wind trägt".
Nach und nach wird der Wind zum Sturm und der Sturm zum Orkan. Dem Papierdrachen macht das keine Angst. Er legt sich auf die starken Arme des Orkans und lässt sich mit Riesenkräften durch die Luft tragen. Tanzen kann man es nicht mehr nennen. Er fegt los wie ein Geschoss.

„Gut, dass die Menschen so starkes Papier genommen und mich aus stabilem Holz gebaut haben. Der Orkan zieht doch stark an mir. Aber es macht riesig Spaß durch die Luft zu sausen". Unter ihm schimmert eine große Wasserfläche,

„Lass mich tiefer fliegen, Orkan", bittet Papierdrachen. „Etwas leuchtet so sonnig zu mir herauf".

„Hey, du da oben, nimm mich mit", ruft es von unten. Eine Seerose hat ihre Blüte geöffnet und ihr sonniges Auge schaut sehnsuchtsvoll zum fliegenden Drachen empor.

„Ich bin mit meinen langen Wurzeln hier im Teich festgebunden und kann mich kaum rühren nur ein wenig hin und her schweben und das ist so langweilig. Ich will auch frei sein. Zieh mich rauf". Doch der Orkan blast so stark, der Papierdrachen hört die letzten Worte der Seerose schon nicht mehr. Weiter geht der sausende Flug. Am Ende des großen Sees sieht er ein Segelboot, das ganz schräg im Wasser liegt. Ein Segel ist eingerissen, an dem anderen zerrt die Mannschaft und will es vor dem Orkan retten. Einer der Männer schaut gerade nach oben.

„Oh je, was kommt da auf uns zugeflogen?" Ruft er erschrocken. „Schaut mal, ein Gesicht fliegt auf uns zu. Wenn das der Klabautermann ist, uns entert und sich in unseren Mast setzt, dann ist es vorbei mit uns. Der wird uns mit höhnischem Lachen in die Tiefe ziehen. Hätten wir nur auf den Hafenmeister gehört und wären bei dieser Sturmwarnung im Hafen geblieben". Doch auch diese letzten Worte hört der Papierdrachen nicht mehr. Rasend schnell zieht ihn der Orkan weiter. Vor ihm taucht jetzt ein großer dunkler Wald auf.

„Hoch, Orkan, trag mich noch höher damit ich nicht in den Baumwipfeln hängen bleibe".

„Das kannst du haben", brummt der Orkan und bläst ihn noch um einiges höher und der Wald unter ihm wird kleiner und kleiner.

Auf einmal ist Stille rundum den Papierdrachen. Vollkommene Stille.

„Was ist los Orkan, warum bläst du nicht mehr?" Der Papierdrachen fürchtet sich mit einem Mal. „Blas, blas Orkan Hilfe, ich sinke, ich stürze ab, hilf mir, hilf mir". Das Stürzen nimmt kein Ende, die Erde kommt rasend schnell näher. Mit schreckgeweiteten Augen fällt und fällt der Papierdrachen. Die Bäume treten zurück und lassen eine sonnenbeschienene Lichtung frei. Eine Brombeerhecke hat ihre dornigen Zweige ausgebreitet. Genüsslich lässt sie die warme Sonne auf ihre Blätter scheinen.

„Huch, was ist denn das? Was fällt da auf mich?". Der Papierdrachen landet unsanft auf der Brombeerhecke. Erschöpft liegt er da und seine Augen lachen nicht mehr. Ist sein Flug in die Freiheit schon vorbei?

„Ja, wer hoch hinauswill, der fällt auch tief", brummt ein Kürbis, der im Gras vor der Hecke liegt.

„Ich bin bescheiden und bleibe am Boden", meint er. Doch zu gern würde auch er einmal ganz oben im blauen Himmel sein und auf die Lichtung herunterschauen. Etwas rüttelt an Michas Schulter.

„Wach auf, Micha," sagt der Vater. Es ist Zeit schlafen zu gehen. Draußen liegt so viel Schnee, da können wir morgen den Schlitten herausholen und wenn das Schneetreiben aufgehört hat, den Hang an der Wiese hinunterfahren.

„Au ja, das wird ein Spaß," freut sich Micha. Dann reibt er sich doch verschlafen die Augen.

„Habe ich das vom Herbst und dem Papierdrachen alles nur geträumt?"

16

ÜBERRASCHUNG AM HOCHZEITSTAG

Britta hatte sich ihren Hochzeitstag so schön vorgestellt. Akribisch hatte sie alles geplant. Das Hotel in den Bergen war frühzeitig gebucht. Die kleine Bergkapelle etwas höher gelegen war reserviert für diesen einen, ihren Tag. Zwei Tage vorher waren sie angekommen. Alle eingeladenen Gäste konnten tatsächlich anreisen, niemand hatte abgesagt. Am Ankunftstag hatten sie blauer Himmel und strahlende Sonne empfangen. Glücklich schaute Britta sich um. Die Bergspitzen leuchteten noch weiß mit den Resten des Schnees vom vergangenen Winter. Auf den Wiesen rund um das Hotel und den nahegelegenen See blühten unzählige Blumen. Jetzt, Anfang Juni, war die schönste Zeit für die bunten Wiesen in den Bergen. Der Tag vor der Hochzeit war angebrochen. Heute sah der Himmel nicht so klar aus. Schleierwolken zogen immer wieder über die Bergspitzen. Doch noch war der Himmel hell. Britta hoffte sehr, dass morgen an ihrem

Hochzeitstag wieder die Sonne scheinen möge. Das hatten Jörg und sie sich doch so sehr gewünscht. Beide waren sie begeisterte Bergwanderer. Jeden Urlaub und viele Wochenenden verbrachten sie irgendwo in den Bergen. Sie liebten es, über bunte Alpenwiesen zu gehen, die dort weidenden Rinder zu beobachten, steile Pfade zu erklettern und ganz besonders, nach einem anstrengenden Aufstieg auf dem Gipfel zu stehen, das Gipfelkreuz neben sich und den Blick über die Spitzen der unter ihnen liegenden Berge in die unendliche Weite schweifen zu lassen. Am schönsten war, wenn sie früh am Morgen durch die grauen, feuchten Wolken aufstiegen, dann auf dem Gipfel in der Sonne ankamen und das Wolkenmeer unten die Täler füllte. Dann ganz alleine über den Wolken zu stehen, die in der Sonne leuchtenden Berge zu sehen, war etwas unglaublich Schönes.

Daran dachte Britta, als sie am Hochzeitsmorgen aufstand. Die Vorhänge waren noch zugezogen. Sie ging zum Fenster, zog sie zurück und erstarrte. Die Bergwelt, die da vor ihrem Fenster zu sehen war, leuchtete intensiv in WEISS. Das kann doch nicht wahr sein? Britta kamen die Tränen. So einen Schneeeinbruch Anfang Juni, damit hatte sie überhaupt nicht gerechnet. Wo waren die bunten blühenden Blumenwiesen? Es glitzerte und gleißte vor dem Hotel bis hinauf zu den hohen Bergspitzen. Britta kamen die Tränen über diese böse Überraschung.

Jörg hatte unruhig geschlafen in der Nacht vor seiner und Brittas Hochzeit. Er wusste, es war alles gut organisiert und erledigt, doch irgendein ungutes Gefühl hatte ihn nicht richtig schlafen lassen. Es war noch dämmerig, als er ans Fenster trat, die Vorhänge zur Seite schob und hinausschaute. Ihn traf fast der Schlag. Ein Schneeeinbruch und das Anfang Juni. Damit hatte keiner gerechnet. Britta würde furchtbar enttäuscht sein. Wie würden sie überhaupt zur Bergkapelle kommen? Die Straßen wären bestimmt noch nicht geräumt. Jörg raufte sich die Haare. Irgendetwas musste geschehen. Britta durfte an ihrem schönsten Tag nicht enttäuscht werden. Schnell zog er sich an. Jeans, dicke Jacke, die hatte er gottseidank mitgenommen und seine Bergstiefel, die hatte er immer dabei. Er rannte aus dem Zimmer, klopfte bei seinen drei Freunden an die Zimmertür, solange bis sie ihm verschlafen aufmachten.

„Schnell, zieht euch an, draußen ist ein Chaos, wir müssen etwas tun, damit die Hochzeit nicht platzt."

„He, Alter, was ist überhaupt los?" fragte Jens und gähnte laut.

„Es gab einen Schneeeinbruch, alles ist dick verschneit draußen. Wie kommen wir den Berg hoch in die Kapelle? Habt ihr eine Idee?"

„Schneeeinbruch, träumst du noch?" Doch mit dem Blick aus dem Fenster war es auch den drei Freunden klar, hier musste etwas getan werden, damit es kein „Hochzeits-Chaos" gab.

Schnell sprangen sie in ihre Sachen. Sie waren alle drei Bergsteiger und gewohnt, schnell und umsichtig zu handeln. Vor der Hoteltür sahen sie, es war ziemlich viel Schnee in der Nacht gefallen und durch den Wind gab es Schneeverwehungen. Zuerst einmal wurde der Bauer mit seinem Schneepflug benachrichtigt. Der war bereits auf und beim Melken der Kühe.. Der Schneepflug brummte den Weg zur Kapelle hoch und schob allen Schnee an den Rand der schmalen Straße. Doch als sie an der Kapelle ankamen, bot sich ihnen ein Bild, mit dem sie nicht gerechnet hatten. Die Seite der Kapelle, an der die Tür lag, war halbhoch zugeschneit. Der Wind hatte hier ganze Arbeit geleistet und eine große Schneewehe direkt vor den Eingang platziert. Oh je, das sah nach Schwerarbeit aus. Schnell rannte einer der Freunde zurück zum Bauernhof und holte Schaufeln und Schneeschieber herbei. Alle drei Freunde, der Bräutigam und der Bauer legten sich ins Zeug und schaufelten so schnell sie konnten, versanken aber immer wieder in dem weichen, aufgetürmten Schnee. Endlich hatten sie die Tür freibekommen. Hoffentlich war kein Schnee durch irgendwelche Ritzen in die Kapelle gedrungen. Die hatten die Freundinnen der Braut doch gestern schon so schön geschmückt. Na, das würde man sehen, wenn der Pastor mit dem Schlüssel kam. Jetzt musste noch ein gangbarer Weg bis zur Straße freigelegt werden. Schließlich sollten die vielen Hochzeitsgäste mit ihren guten Schuhen nicht im tiefen Schnee stecken bleiben. Auch das war irgendwann gemacht. Aufatmend liefen die Freunde zum Traktor zurück. Inzwischen war die Bäuerin, die das Treiben mitbekommen hatte, ihnen mit ihrem Auto nachgekommen. Geistesgegenwärtig, wie Bergbäuerinnen so sind, hatte sie schnell eine große Thermosflasche voll heißen Tee mitgebracht. Der tat den Schwerarbeitern jetzt richtig gut. Doch ihnen blieb keine Zeit zum Ausruhen. Schnell fuhren sie alle zurück zum Hotel. Spurteten in ihre Zimmer, sprangen unter die heiße Dusche, zogen ihre Hochzeitsanzüge an und kamen zwar ein wenig verspätet, doch gerade noch rechtzeitig zum Frühstück. Jörg sah schon von weitem, die Tränenspuren in Brittas Gesicht. Liebevoll nahm er sie in den Arm.

„Es wird alles gut", raunte er ihr leise ins Ohr.

„Wie kann das sein? Schau doch mal zum Fenster raus", schluchzte Britta. „Wie sollen wir hoch in die Kapelle kommen? Und ich in meinem weißen Kleid, ich versinke im Schnee und du findest mich darin nie wieder", schniefte sie. Gottseidank, der Humor hatte sie noch nicht verlassen.

„Warts ab, Britta, an so einem Tag geschehen oft Wunder", lächelte Jörg.

Etwas getröstet verabschiedeten sich die beiden voneinander, gingen in ihre Zimmer, um sich für die Hochzeit fertig zu machen.

Pünktlich zur vereinbarten Stunde fuhr Jörg mit seinen Freunden zur Kapelle hoch und wartete auf seine Braut. Er staunte nicht schlecht. In der Zwischenzeit war hier noch so einiges geschehen. Die Freunde schmunzelten nur. Mal sehen, was Britta dazu meint. Von ihren Freundinnen wurde Britta in ihr wunderschönes weißes Hochzeitskleid eingekleidet. Ihre blonden Haare wurden zu einem dicken Zopf geflochten und mit kleinen gelbroten Röschen geschmückt. Wunderschön sah sie in ihrem Hochzeits-Outfit aus. Die Tränen waren vergessen und ihre Wangen von der Aufregung vor dem kommenden Ereignis leicht gerötet.

„Jörg wird staunen, wenn er dich so sieht. Du siehst wunderhübsch aus", meinte Line, ihre Freundin aus Schulzeiten. Ein weißes Felljäckchen wurde Britta umgelegt, denn es war doch ziemlich kühl draußen. Das geschmückte Hochzeitsauto wartete bereits vor dem Hoteleingang. Die Freundinnen verstauten Britta mit ihrem riesigen Seiden- und Tüllrock behutsam auf dem hinteren

Sitz, dann fuhr das Auto los, den Berg hoch zur Kapelle. Eigentlich sah die Landschaft sehr schön aus, so dick verschneit und die Sonne ließ den Schnee glitzern wie mit Diamanten bestreut. Wenn Britta sich nicht alles ganz anders vorgestellt hätte. Über eine Wiese voller bunter Bergblumen wollte sie gehen und nun musste sie aufpassen, dass sie auf dem glatten Schnee nicht ausrutschte. Würden ihre Satinschuhe überhaupt trocken und heil bis zur Kapelle kommen? Das Auto hielt am Weg, der zur Kapelle führte. Die Freunde von Jörg standen schon bereit. Sie hatten einen Tragesitz, wie bei Bergrettungen üblich, organisiert. Darauf durfte sich Britta setzen und so wurde sie trockenen Fußes bis zur Kapelle getragen, wo ihr Jörg schon am Eingang auf sie wartete. Doch dieser Weg bis zur Kapelle sah irgendwie besonders aus. Mit vielen bunten Rosenblättern war er von der Straße bis zum Eingang bestreut. Welch eine wunderschöne Idee.

„Damit du doch über eine bunte Wiese, einen bunten Weg gehen kannst", meinte schmunzelnd einer der Freunde. Über diese bunte Pracht getragen kam Britta glücklich lächelnd am Eingang der Kapelle an. Jörg schloss sie fest in seine Arme und strahlte. So war aus der bösen Überraschung am Morgen doch eine wunderschöne Überraschung am Mittag geworden. Gute Freunde machen vieles möglich!

17

FINNISCHER WINTER
BEI DEN RENTIEREN

Die Bäume am Waldweg konnten ihre Schneelast kaum tragen. Tief ließen sie ihre Zweige hängen. Manchmal wehte der leichte Wind eine Schneefahne auf die Wanderer herunter. Der Weg war schon vor Stunden geräumt worden, so dass es leicht war, hier entlangzugehen. Reni, die Schäferhündin lief vorne voraus. Hin und wieder blieb sie stehen, schaute zurück, ob „ihre Herde" ihr noch folgte. Dann und wann kam sie zurück, umrundete die Gruppe, schaute jeden an und lief beruhigt wieder nach vorne. Fünf Meter Abstand hielt sie meistens zur Gruppe. Damit ihr niemand zuvorkam? Es war wohl ihr angeborener Hütetrieb, der sie dazu veranlasste, nach „ihrer" Gruppe zu schauen. Sie hielt ihre „Herde" zusammen. Nach zwei Stunden Wanderung durch diese zauberhafte, verschneite, von der Sonne bestrahlte, einsame Landschaft zu wandern, war herrlich. Irgendwann stellte Reni die

Ohren auf und schaute nur noch nach vorne. Was hatte sie erspäht? Oder hatte sie Witterung aufgenommen? Ja, richtig, die Gruppe näherte sich einer großen freien Fläche. Einige Kotas standen verstreut am Rand. Kotas sind aus Holz gebaute, oft achteckige Hütten mit einer offenen Feuerstelle im Inneren. Diese Kotas waren das Ziel der Gruppe. Eine Tür öffnete sich in der größeren Kota und eine Frau in einer seltsamen Tracht erschien. Mit einem herzlichen Lächeln kam sie auf die Gruppe zu und begrüßte die Wanderer. Sie stellte sich als eine „Sami", die Bewohner der nördlichen Gegenden Skandinaviens vor. Sami zogen oft noch mit ihren Herden über die verschiedenen nördlichsten Weidelandschaften. Sie konnten ohne Schwierigkeiten auch über die Grenzen der nördlichen Länder ziehen. Die Frau stellte sich als Ulka vor. Sehr farbenfroh war ihre „Sami-Tracht". Ein dickes weißes Rentierfell trug sie über der Schulter. Eine bunte gestickte Mütze bedeckte ihre langen blonden Haare und an den Füßen trug sie farbenfrohe, fellgefütterte Samistiefel mit einer hochgebogenen Spitze. Später erklärte sie uns auch die Funktion dieser merkwürdigen Spitze. Man konnte damit in Schlaufen einhaken und etwas zu sich zurückziehen. Ulka nahm uns fröhlich in Empfang, zeigte rund herum was es mit den einzelnen Kotas auf sich hatte, und lud uns gleich ein, zu den Rentieren zu gehen. Dafür hatten wir die lange Wanderung gemacht. Wir wollten echte Rentiere ganz nah sehen. In der Nähe weideten einige Rentiere. Zu ihnen gingen wir. Ganz nah durften wir an sie herankommen und sie auch füttern. Zuerst vorsichtig mit Abstand, dann mutiger und näherkommend, fraßen uns die Rentiere das Heu oder die Flechten aus der Hand. Ein komisches Gefühl, sie rupften und zupften an den Büscheln und wir mussten aufpassen, dass sie nicht gleich das ganze Büschel fraßen. Ein Rentier hatte ein schneeweißes Fell. Erstaunt fragten wir, warum dieses Tier so anders aussah als die anderen. Ulka erklärte uns, das sei das Winterfell, das eigentlich die meisten Rentiere bekamen.

Nach der Rentierfütterung führte uns Ulka in eine kleinere, abseitsliegende Kota. Im Inneren sahen wir eine große gemauerte Feuerstelle, in der bereits ein prasselndes Feuer brannte. Rundherum luden rustikale Holzstühle zum Sitzen ein. Die Wärme des Feuers tat uns jetzt richtig gut, denn die Kälte draußen, immerhin Minus 19 Grad, war trotz dicker Bekleidung, doch spürbar. Über dem Feuer stand auf einem entsprechenden Gestell eine große eiserne Pfanne mit einem sehr langen Stiel. Ulka klärte uns, sie würde jetzt Pfannkuchen in der Pfanne direkt über dem offenen Feuer braten und jeder könne seinen Pfannkuchen dann mit selbstgekochter Erdbeermarmelade, von selbstgesuchten Walderdbeeren, bestreichen. Auf einem kleinen Tischchen standen schon große Thermoskannen mit heißem Kräutertee bereit. Auch diese Kräuter waren von Ulka in der näheren und weiteren Umgebung selbst gesucht. Wie herrlich, hier an der warmen Feuerstelle zu sitzen, frischgebackenen Pfannkuchen mit Walderdbeermarmelade zu essen und heißen speziellen Kräutertee dazu zu trinken. Beim Pfannkuchen braten erzählte uns Ulka viele interessante Geschichen aus ihrem Leben als Sami und Rentierzüchterin.

Nachdem wir uns gestärkt und aufgewärmt hatten, erwartete uns draußen noch eine Überraschung. Wir hatten drinnen schon ein leises Geklingel gehört, konnten uns aber nicht vorstellen, was das wohl war. Draußen in der Sonne warteten zwei Schlitten mit Rentieren vorgespannt. Eingemummelt in die dicken Rentierfelle war es richtig kuschelig. Die Peitsche knallte, nur in die Luft, die Rentiere zogen an und los ging die Schlittenfahrt. Vorbei an den unberührt in der Sonne glitzernden Feldern, bis in den traumhaft verschneiten Wald. Immer wieder meinten wir kleine Gnome oder lustige Trolle in den dickverschneiten kleinen Bäumchen zu erkennen. Einmal sah eines aus wie eine Schneeeule. Unserer Fantasie waren keine Grenzen gesetzt. Die Rentiere liefen in lustigem Trab, mit klingelnden Glöckchen durch den Wald. Es fehlte nur noch, dass eines eine rote Nase hätte, dann wäre die Illusion des „Weihnachtsmannbegleiters Rudolf" da. Am Ende unserer wunderbaren „Winterreise" lag ein großer, vereister, schneebedeckter See. Wieder mal freuten wir uns über die riesige Weite, die da vor uns lag und in der Sonne glitzerte.

18

WALDWEIHNACHT

„Mama, an der Kirche steht ein großes Plakat, WALDWEIHNACHT steht darauf. Was ist das?" fragt Simon als er von der Schule nachhause kommt.

„Das weiß ich auch nicht", sagt Mette, blinde Mutter eines 12jährigen Sohnes. „Wir gehen heute Nachmittag hin und du liest mir vor, was alles auf dem Plakat steht". Und so machen sie es. Am Nachmittag an der Kirche liest Simon vor:

„WALDWEIHNACHT am 3. Adventssonntag um 16:30 h Treffpunkt auf dem Platz vor der Kirche mit Fackeln und Lampions. Abschluss auf dem Kirchplatz mit Glühwein, Punsch und Lebkuchen". Das klingt sehr interessant. So etwas haben sie noch nie erlebt. Da auch Simons Oma in der Zeit zu Besuch sein wird, wäre das auch für sie ein besonderes Erlebnis.

Am 3. Adventssonntag, gleich nach dem Kaffee, gehen die drei los. Das Wetter meint es gut, denn es schneit schon seit zwei Tagen und draußen ist alles mit dickem Schnee bedeckt. Durch den Schnee stapfen die drei, ihre Schritte knirschen richtig. An manchen Stellen ist es glatt auf dem Weg zur Kirche. Näherkommend hören sie schon viele Menschenstimmen. Es haben sich also schon viele auf dem Kirchplatz versammelt. Lustiges Geplauder rings um sie her. Simon möchte unbedingt eine brennende Fackel tragen. Denn für einen Lampion ist er doch schon viel zu groß, meint er. Mette hat Bedenken, ob er die Fackel richtig mit weitem Abstand tragen wird, damit nicht die dicken Anoraks der anderen Feuer fangen. Als blinde Mutter kann sie es nicht beobachten, das macht ihr Angst. Doch Simon meint, er passe schon gut auf und Oma würde ganz sicher ihren Enkelsohn immer im Blick behalten. Mette gibt seinem Drängen nach und vertraut ihm. Er ist ja schon groß !!! Die Menschen stellen sich zu einem Zug zusammen. Mette spürt die Erwartung der Umstehenden und schon geht es los. Durch einige Straßen zieht der Zug, dann ist der Wald erreicht. Hier umfängt eine große Stille die Wandernden. Der Schnee auf dem Weg ist dick und das Gehen etwas mühsam. Leise knacken die Bäume und der Schnee rieselt fein. Leichte Flocken fallen in Mettes Gesicht und auf ihre Hand. Ganz zart ist die Berührung. Sie hält ihr Gesicht immer wieder nach oben, um diese feinen Flocken zu spüren. Manchmal knackt ein Zweig in der Kälte, dann piept ein Vogel, der wohl durch die vielen Menschen aufgewacht ist. Sonst spürt Mette tiefe, dichte Ruhe um sich herum. Viele, verschlungene Wege gehen sie. Oma sagt, es sähe wunderschön aus, die Lichter der bunten Lampions und die leuchtenden Fackeln durch die verschneiten Bäume und Büsche zu sehen. Mette hört das Knistern der brennenden Fackeln. Wenn etwas vom Teer abbricht und herunterfällt, zischt es im Schnee. So viele ungewohnte Geräusche, Mette ist ganz erfüllt vom Lauschen. Manchmal spürt sie auch die Wärme einer Fackelflamme. Nach einer Weile dieses fast meditativen Gehens bleibt der Zug stehen. „Wo sind wir", fragt Mette.

„An einer Lichtung im Wald und alle stellen sich im Halbkreis um die Lichtung". Alle Fackeln sollen weiter vorne im Halbkreis, wie zu einer Bühne in den Schnee gesteckt werden, wird angesagt. Simon ist traurig, er möchte seine Fackel gerne behalten. Doch Mette beruhigt ihn, er wird sie später wiederbekommen.

„Am Rand der Lichtung ist ja das Krankenhaus", meint Oma. Sind wir so weit durch den Wald gegangen, denkt Mette. Oma erzählt, sie sieht einige erleuchtete Fenster, hinter denen Menschen stehen, die das Treiben unten beobachten. Das gefällt Mette, so können die Kranken auch etwas Weihnachtsstimmung mitbekommen, wenn sie schon in ihren sterilen Krankenzimmern liegen müssen in dieser so heimeligen Zeit. Jetzt erklingen schöne alte Adventslieder von Musikern gespielt, die den Zug hier erwartet haben. Richtig schön klingt es hier draußen in dem kalten verschneiten Wald. Die Kälte spüren alle auf der Haut im Gesicht. Es zwickt und bitzelt ein wenig. Doch die dicken Anoraks halten warm.

„Mama, jetzt kommen zwei Menschen aus dem Tannenwald, die sind ja merkwürdig angezogen, so altmodisch. Die Frau hat ein großes Tuch um den Kopf und der Mann trägt einen Schlapphut und einen dicken Stock. Sollen das vielleicht Maria und Josef sein?" fragt Simon ganz verblüfft. „Da, von der anderen Seite kommen noch drei Männer auf die Lichtung. Die sehen finster und abweisend aus. Sie haben die Arme verschränkt und schauen fast böse auf die Frau und den Mann". Die Frau und der Mann gehen zu den drei Männer und bitten um ein Zimmer. Es sind tatsächlich Maria und Josef und es wird die uralte Geschichte der Herbergssuche damals in Bethlehem hier im verschneiten Wald dargestellt. Mette ist tief berührt, hier in der Kälte die Bitten zu hören und wie sie immer wieder abgewiesen werden. Es fühlt sich grausam an. Mette muss an die vielen fremden Menschen denken, die heute in dieses Land kommen, eine neue Heimat suchen und abgewiesen werden. Wie mag es ihnen damit ergehen? Welche Erwartungen werden immer wieder enttäuscht. Wie finden sie Kraft weiterzumachen? Und die Menschen, die hier auf der Straße leben, ausgegrenzt, nicht dazu gehörend. Wie werden sie damit fertig? Was hilft ihnen dieses harte Leben zu ertragen? Wie muss es gewesen sein, damals, in einem kalten, zugigen Stall ein Kind zur Welt zu bringen? Diese Gedanken ziehen durch ihren Kopf und gebannt lauscht sie der Geschichte weiter. Dann ist die Herbergssuche zu Ende. Besinnliche Texte werden noch vorgetragen. Zum Schluss singen alle zusammen einige schöne Weihnachtslieder. In der kalten Schneeluft in dem sonst so stillen Wald klingt es ergreifend. Mette spürt, die anderen Menschen rings um sie her sind ebenfalls von einer besonderen Stimmung erfasst.

Oma sagt, der Himmel sei übersät mit vielen Sternen. Das würde Mette sehr gerne sehen, doch einen Sternenhimmel hat sie schon lange nicht mehr gesehen. Sie hat noch ein Bild vor sich aus lang vergangener Zeit als sie ein kleines Kind war und zum letzten Mal einen Sternenhimmel gesehen hatte. Das lässt sie vor ihrem inneren Auge entstehen. Ja, ein Sternenhimmel muss etwas ganz Großartiges sein. Die Menschen formieren sich wieder zu einem Zug. Die brennenden Fackeln werden geholt und weiter geht es durch den Wald Richtung Kirchplatz. Nach kurzer Zeit, es wurde wohl eine Abkürzung genommen, hört man schon Stimmen voraus und der Duft von würzigem Wein weht dem Zug entgegen. Der Kirchplatz kann nicht mehr weit sein. Dort warten schon Frauen aus der Gemeinde mit Glühwein, Punsch

und Lebkuchen auf die verfrorenen Wald-
wanderer. Von Oma bekommen Mette und
Simon Becher mit heißem Wein und Punsch
in die kalten Hände gedrückt und auch einige Lebkuchen hat sie erstanden. Das tut
den Durchgefrorenen richtig gut. Der Glühwein duftet und der Lebkuchen schmeckt
nach der Wanderung im Schnee richtig lecker. Einige Nachbarn sprechen sie an und
alle unterhalten sich über dieses besondere,
nachdenklich machende Erlebnis. Als es zu
kalt wird, gehen die drei den kurzen Weg bis
zu ihrem Haus zurück. In der warmen Wohnung angekommen, spüren sie erst, wie
durchgefroren sie waren. Unter eine warme
Decke gekuschelt, unterhalten sie sich noch
lange über die verschiedenen Erlebnisse dieses Nachmittags. Über die knisternden Fackeln, den knirschenden Schnee, die Herbergssuche mitten im kalten Schneewald
und die fröhlichen Gespräche auf dem
Kirchplatz.

19

STROMAUSFALL

In der Hütte hoch oben auf dem Gletscher, sitzen die drei Skifahrer bei einem Glas Jager-Tee beisammen. Draußen braust der Sturm um die Hütte. Das alte Holz der Hüttenwände knarzt und ächzt unter den Sturmböen. Manchmal ist es, als würde die Hütte wackeln bei dem tosenden Angriff der Böen. Schon als die drei am Fuß des Gletschers ankamen, blies ein kräftiger Wind. Doch jetzt tost und rüttelt der Sturm an den Holzwänden. Doch die alte Hütte hat schon viele schwere Stürme erlebt. Sie wird auch diesen über sich ergehen lassen und am nächsten Morgen wird der Sonnenaufgang über dem Gletscher dann besonders schön, der Himmel wie reingewaschen und die Fernsicht überwältigend sein. Die drei genießen ihren heißen Würzwein und erzählen sich Erlebnisse, die sie in den Bergen schon bei Stürmen hatten. So erzählt Mattes von seinem Erlebnis beim ersten wirklich schlimmen Sturm vor Jahren beim Skifahren:

Als Mattes mit den anderen Skifahrern in den Sessellift einstieg, wehte schon ein sehr starker Wind. Doch es machte ihnen nichts aus, sie waren einiges gewohnt. Aber als sie dreiviertel der Strecke über dem Gletscher hochgefahren waren, die Bergstation bereits oben auf dem Pass zu sehen war, hatte der Starkwind sich zum Sturm gewandelt. In den starken Böen schwankten die Sessel hin und her. Einige Skifahrer vor und hinter ihm schrien vor Angst. Nun wurde es Mattes auch mulmig. Konnte man herausfallen? Der Bügel über ihm war fest eingerastet, der müsste eigentlich halten. Aber wie war es mit der Seilrolle oben am Seil, konnte die herausspringen? Gab es eine Sicherung, oder würden sie mit dem Sessel in die hundert Meter unter ihnen liegende Schlucht stürzen? Der Himmel über ihnen war bedrohlich schwarz geworden. Mattes hielt sich krampfhaft an den Sesselstreben fest. So eine Naturgewalt hatte er beim Skifahren noch nicht erlebt. So oft er schon in den Bergen war, dass nachmittags um drei Uhr der Himmel schwarz wurde, nur noch spärliches Licht durchkam und solch ein tobender Sturm ausbrach, das hatte er noch nicht erlebt. Der Sturm pfiff ihm um die Ohren, nahm ihm den Atem, Schneeflocken trieben wie Geschosse an Nadelstichen waagerecht in sein Gesicht. Unter ihm wurde der Schnee in hohen Schneefahnen über den Gletscher und gegen die Masten gepeitscht.

„Mein Gott, wie sollen wir je hier aus dem Sessel herauskommen? Wie lange kann sich die Doppelrolle oben am Seil noch halten? Wann kommt der Moment, an dem die Sicherung nachgibt? Werde ich von diesem verfluchten Berg nochmal in die Ebene zurückkommen, meine Lieben wiedersehen? Lass etwas geschehen, Du da oben, lass endlich diesen fürchterlichen Sturm aufhören. Hoffentlich holt uns jemand hier herunter. Jetzt reicht es mir aber."

Am Vormittag war es noch schön gewesen, blauer Himmel, strahlende Sonne und der Schnee wunderbar griffig. Was hatte das Skifahren doch Spaß gemacht. Und nun hing er hier „in den Seilen" und wusste nicht, ob sein letztes Stündlein geschlagen hatte. Im Sessel vor ihm schrie eine Frau immerzu um Hilfe. Doch sie saßen alle im gleichen Boot. Der Sessellift stoppte abrupt.

„Warum fährt der Lift nicht weiter", fragte sich Mattes. „Wieso lässt man uns hier hängen?" Bald würden sie sehenden Auges in den Abgrund stürzen. Irgendjemand von der Bergbahn musste doch mitbekommen haben, wie der Sturm inzwischen wütete und der Lift stillstand. Sonst waren sie doch so übervorsichtig. Aber der Sturm war auch so schnell aufgezogen, hatte alle überrascht. Ja, das gab es in den Bergen immer mal wieder. Mattes Gedanken wanderten zu seiner Familie. Seine Frau und die beiden Kinder saßen jetzt wohl in der gemütlichen Ferienwohnung, tranken heißen Kakao und aßen die letzten Weihnachtskekse. Das war schon immer so ein Ritual. Sie hoben eine Keksdose mit den leckeren Plätzchen auf und die wurde in den Skiurlaub gleich Anfang Januar mitgenommen. Wenn sie dann alle am Nachmittag vom Skifahren durchgefroren, aber glücklich nach einem sportlich verbrachten Tag in der herrlichen Bergluft, nachhause kamen, gab es heißen, duftenden Kakao oder Tee und die letzten Plätzchen schmeckten dazu viel besser als im Advent, wenn man fast schon zu viel davon hatte. Ob sie wohl an ihn dachten und sich wunderten, warum er bei diesem Wetter noch nicht zuhause war? Mattes schaute sich um. Ganz unten im Schnee tat sich etwas. Noch konnte er nicht erkennen, was es war. Doch etwas bewegte sich, die Schneefahnen da unten krochen langsam immer höher.

„Haben sie es endlich begriffen und holen uns hier heraus?" Mattes kniff die Augen zusammen, damit er überhaupt etwas in diesem Schneegestöber sehen konnte. An dem Mast einige Sessel hinter ihm, stoppte das fast nicht zu erkennende Gefährt. Der Skifahrer in dem Sessel hielt sich krampfhaft an den Streben fest. Der Sessel schwankte ganz nah am Mast vorbei. Männer krabbelten aus dem roten Gefährt heraus, versanken fast im tiefen Schnee, kämpften sich bis zum Mast durch den tobenden Schnee und …

„Was machen sie?" Mattes schaute ungläubig. Zwei Männer hangelten sich im Mast empor, gefährlich bei den Sturmböen. Doch es sah aus, als wüssten sie, was sie tun. Nun waren sie oben am Seil angekommen. Etwas wurde in das Seil eingeklinkt. Ein Ruck ging durch das Seil, die dranhängenden Sessel schwankten noch mehr.

„Himmel, pass doch auf, willst du uns gleich ganz hier runterfallen lassen?" Mattes bekam es mit der Angst zu tun. Doch der Mann machte mit ruhigen Bewegungen weiter. Ganz langsam setzte sich der zweite Sessel hinter Mattes in Bewegung. Langsam kam er nahe an den Mast heran. Dort sprach der Mann am Mast auf den im Sessel Sitzenden ein, zeigte mit der Hand auf den Sicherheitsbügel. Der Mann im Sessel legte sich ängstlich zurück. Doch er wurde beruhigt. Sehr vorsichtig reichte der Mann am Mast ihm eine Sicherungsleine, die er sich umlegen sollte. Dann hob er einen Fuß des sich noch sträubenden Mannes an und setzte ihn auf die Leiter am Mast. Sie war fast nicht zu sehen durch das waagerechte Schneegestöber. Nun wurde der Arm genommen, dann der andere Fuß und zuletzt, mit einem kurzen Schwung half der Mann am Mast dem anderen ganz auf die Leiter. Der klammerte sich daran und legte erschöpft den Kopf auf die Sprossen. Geschafft. Aus diesem fürchterlich schwankenden Sessel war er heraus. Der Mast stand ruhig, er fühlte sich sicher. Der zweite Mann im Mast half ihm langsam die Leiter herunter. Doch schon hatte der obere

Mann das Gerät, eine Kurbel, im hin und her pendelnden Seil wieder in Bewegung gesetzt und zog damit den nächsten Sessel zu sich an den Mast. Sehr langsam und vorsichtig, damit der Sessel nicht mit der Doppelrolle oben aus dem Seil sprang, näherte sich der schwankende Sessel dem Mast. Wieder begann die Prozedur und eine Frau wurde aus dem Sessel geholt. Sie klammerte sich sofort an dem Mann am Mast fest. Doch der konnte sie beruhigen und löste sanft ihre Arme, setzte ihre Füße sicher auf die Leiter und der zweite Mann am Mast geleitete die Zitternde nach unten. So zog trotz des tobenden Sturms der Mann am Mast alle Sessel vor ihm zum Mast zurück und holte die angsterfüllten Menschen sicher auf die Leiter und hinunter zum Schneefeld zurück. Nun war auch Mattes an der Reihe. Ihm war nicht geheuer, den Sessel zu verlassen, sich in schwindelnder Höhe aus dem Sessel mit den Füßen voran auf die Leiter des Mastes zu stellen. Der Sturm zerrte an ihm und blies seinen Anorak auf wie ein Zelt, er zerrte und zerrte an Mattes, der holte tief Luft und mit einem großen Ruck warf er sich der rettenden Leiter entgegen, packte mit einer Hand die Leiterstufe, krallte sich mit der anderen um das Metall, seine Füße fanden blindlings die untere Stufe und endlich war er raus aus dem schwankenden Sessel. Seine Beine waren wie gelähmt, noch konnte er keinen Schritt machen, zuerst einmal musste er durchatmen und die Sicherheit des festen Mastes und der Leiter spüren. Der andere Mann am Mast redete mit ruhiger Stimme auf ihn ein. Sagte ihm, dass es völlig normal sei, nach so einer Erfahrung zitternd und wie gelähmt zu sein. Ganz langsam löste sich die Spannung, Mattes kletterte, Stufe um Stufe mit weichen, zitternden Beinen nach unten und dort in das Schneemobil hinein. In ihm saßen bereits die anderen völlig erschöpft und schweigsam. Dieses Erlebnis würden sie so schnell nicht vergessen. Zwar waren sie irgendwie glücklich, wieder auf dem festen Boden zu sein, doch die Angst und die Bedrohung wollten nicht so schnell von ihnen weichen. Ein Becher mit heißem Tee mit Rum wurde ihnen gereicht. Sie merkten erst jetzt wie völlig verfroren sie waren. Viel länger hätten sie wohl nicht in den Sesseln im tobenden Sturm und Schnee aushalten können, dann wären sie vor Kälte unbeweglich geworden. Hätten sie dann aus dem schräg hängenden, imSturm schwankenden Sessel aussteigen und den Mast erreichen können? Wahrscheinlich nicht. Das war Rettung in letzter Minute.

Später erfuhren sie, dass der Sturm einen Stromausfall im ganzen Tal ausgelöst hatte und so auch der Sessellift nicht weiterfahren konnte. Außerdem wäre es viel zu gefährlich gewesen, bei den tobenden Böen die schräg-hängenden Sessel weiterfahren zu lassen. Das wäre gar nicht möglich gewesen und diese Methode, die Sessel zum nächsten Mast zu kurbeln und die Menschen daraus zu evakuieren, war die beste und sicherste Rettungsmöglichkeit. Doch für die Menschen, die das noch nie erlebt hatten, die aus den schwankenden Sesseln bei den Sturm-böen aussteigen und zum Mast übertreten mussten, war es trotz der Todesangst, in der sie sich befunden hatten, eine große Mut-probe. Doch die Männer, die sie retteten, waren geübt und konnten mit sicheren und ruhigen Griffen alle ohne Schwierigkeiten aus dem Chaos herausholen.

Auch dieser Sturm hatte sein Ende und war am frühen Abend weitergezogen. Die

Abendsonne überstrahlte die Bergspitzen und tauchte sie in rotgoldenes Licht. Erleichtert erzählten sich am Abend die Menschen ihr großes Abenteuer, glücklich, doch wieder mit beiden Beinen auf der festen Erde zu sein.

20

EIN BESONDERER WEIHNACHTSABEND

Es war vor vielen Jahren. Ich ging noch zur Schule und gehörte dem Schulchor an. Unser Musiklehrer, war ein strenger, doch sehr guter Lehrer. Er leitete in seiner Freizeit den berühmten Domchor in meiner Heimatstadt. So erwartete er auch von uns Schülern viel Hingabe, gute Stimmen und auf jeden Fall großen Einsatz in den Chorstunden. Meistens fanden diese in der letzten Stunde am Samstag statt. Alle anderen Kinder konnten nachhause ins wohlverdiente Wochenende gehen, doch wir „Sänger" hatten noch zu üben. Unser Lehrer hörte jede kleinste Unreinheit der Töne heraus. Von Bank zu Bank ging er, beugte sich mit seinem Ohr ganz dicht zum Kopf des Schülers und hörte immer heraus, ob der Schüler nun eine Nuance höher oder tiefer sang. Wir Schüler hörten nicht, ob wir eine Spur neben dem Ton lagen, doch unser „Ottchen", wie wir unseren Lehrer liebevoll, respektlos nannten, fand es immer heraus. Die Teilnahme am Chor war mehr oder weniger freiwillig und man musste schon wirklich gerne singen, um den strengen Unterricht auszuhalten. Doch ich sang sehr gerne, hatte auch eine gute dunkle Stimme und mir gefiel es im Chor.

Wieder einmal war der 24. Dezember gekommen. In diesem Jahr hatte unser Chorleiter etwas Besonderes mit uns Choristen vor. Lange hatten wir die schönen Weihnachtslieder geübt und sie hörten sich mehrstimmig gut an. So hatte unser Lehrer beschlossen, an diesem Nachmittag des Heiligen Abends mit uns Kindern Menschen eine Freude zu bereiten, die es gerade nicht so einfach hatten. Als erste Station hatte er uns in einen Krankenhaus angemeldet. Dort sollten wir für die Kranken, die nicht nachhause zu ihren Familien konnten, unsere stimmungsvollen Weihnachtslieder singen.

Was wussten wir Kinder schon davon, wie es Menschen zumute sein würde, wenn sie den Heiligen Abend fern von ihren Liebsten krank im Krankenhaus verbringen mussten. Wir freuten uns darauf, nach dieser freiwilligen Chorstunde wieder heimzukommen. Es wurde früh dunkel werden und langsam der Abend kommen, auf den wir so sehnlichst warteten. Das Weihnachtszimmer würde sich öffnen, der geschmückte Tannenbaum würde strahlend in seiner Zimmerecke stehen und wir würden endlich unsere Geschenke auspacken dürfen und staunen, was das Christkind uns in diesem Jahr gebracht hatte. Eigentlich war es gut, dass wir am Nachmittag für einige Stunden Ablenkung hatten. So würden wir nicht zappelig vor Erwartung, die Zeit bis zum Abend kaum aushaltend, unseren Eltern auf die Nerven gehen. Unsere Eltern würden froh sein, von uns aufgeregten Kindern ein, zwei Stunden bei ihren Weihnachtsvorbereitungen nicht gestört zu werden.

Doch dieser Nachmittag war besonders. Schon der Besuch im Krankenhaus, wo wir nach unserem Gesang noch einige der Kranken in ihren Zimmern besuchten, hatte uns stiller und nachdenklicher gemacht. Aber es ging noch zu einem zweiten „Einsatz". Uns war nur gesagt, wir würden zuerst im Krankenhaus und dann noch an einem weiteren Ort singen. Wo, das wussten wir nicht. Aus dem Krankenhaus kommend, gingen wir einige Straßen auf den großen Park zu. Kurz vorher bog der Lehrer ab und strebte auf ein älteres Gebäude zu. Wir erschraken. Wo wollte er uns hinführen? Dieses Gebäude machte uns Angst. An ihm gingen wir immer mit etwas Gruseln vorbei. Manchmal sahen wir beim Entlanggehen ein Gesicht hinter den vergitterten Fenstern, oder eine Hand, einen Arm, der durch die Gitterstäbe heraushing. Es war das alte Gefängnis am Wall. Und hier hinein wurden wir nun geführt. Ängstlich hielten wir uns an den Händen und trotteten dicht hinter unserem Lehrer her in das Gebäude hinein. In einen größeren Raum, der wohl als Andachtsraum diente, wurden wir geführt. Hier saßen auf einigen Stühlen schweigende Männer. Wir fürchteten uns. Wir waren noch nie „Verbrechern" so nah gewesen. Im hinteren Teil des Raumes gab es noch einen größeren Paravent, der einen Teil des Raumes abtrennte. Leises Füßescharren und Stühlerücken war dahinter zu hören. Saß dort auch noch jemand? Wir stellten uns in unsere gewohnte Formation auf. Ängstlich und sehr brav schauten wir auf unseren Lehrer und warteten auf den Einsatz. Manch scheuer Blick streifte schnell zu den Männern vor uns. Die ersten Töne erklangen, wir wurden sicherer, schauten nur noch auf den Lehrer, um keinen Einsatz zu verpassen. So klangen unsere Weihnachtslieder vierstimmig in diesen kahlen, grauen Raum hinein. Kinderstimmen können sehr anrührend klingen. Einige schöne alte Weihnachtslieder hatten wir gesungen, da brach auf einmal ein so herzzerreißendes Schluchzen und Weinen hinter dem Paravent aus. Waren es Frauen, die so erschütternd weinten? Erschrocken hörten wir auf zu singen. Auch bei den Männern vor dem Paravent wurde es unruhig. Mancher räusperte sich und Füße hörte man hin und her scharren. Unser Lehrer drehte sich um und schaute zum Paravent. Zu sehen war niemand dahinter. Das Schluchzen hörte nicht auf, es war so ergreifend, es ließ Schauer über den Rücken rieseln und wir schauten ängstlich fragend auf unseren Lehrer. Er drehte sich zu uns um, lächelte uns aufmunternd zu, hob die Arme und gab den Einsatz zu dem nächsten Weihnachtslied. Wir folgten ihm, sangen, so glaube ich heute, mit großem Ernst und so gut wir nur konnten. Dann war das letzte Lied gesungen. Nachdenklich und schweigend gingen wir aus dem Raum und aus dem alten Gebäude hinaus. Den Nachhauseweg legte ich tief nachdenklich zurück. Auch zuhause war ich lange noch sehr ruhig und konnte dieses beeindruckende Erlebnis kaum überwinden. Der sonst so fröhliche, trubelige und laute Weihnachtsabend verlief in diesem Jahr sehr viel stiller und besinnlicher als sonst. Die Geschenke waren einmal nicht die Hauptsache. Immer wieder musste ich an das herzzerreißende Weinen hinter dem Paravent denken.. Auch das Bild, in diesem Raum zu sein, hat sich mir tief eingeprägt. Heute, so viele Jahre später, ist es mir wieder sehr bewusst geworden, nachdem ich eine ganz besondere Radiosendung mit berührenden, nachdenklich machenden Texten gehört habe. Da trat dieses tiefeingegrabene Erlebnis wieder ganz deutlich aus meinem Gedächtnis hervor, als wäre es gestern gewesen.

21

WEIHNACHTEN DER DINGE

Es war ein fröhlicher Weihnachtsabend. Die Geschenke waren ausgepackt. Alle hatten sich über ganz besondere Dinge gefreut. Das größte Aufsehen hatte das Geschenk für Mira gehabt. Mira war fast blind, konnte nur noch Umrisse sehen und es fiel ihr oft schwer, die häuslichen Geräte ein- oder auszuschalten oder Dinge zu finden. Daher hatte Jürgen ihr ein besonderes Gerät geschenkt, einen Sprachassistenten. Dieses Gerät sollte für sie eine große Hilfe sein. Dem Sprachassistenten konnte Mira sagen, was sie gerade benötigte und dann tat dieser das Gewünschte. Es würde Mira helfen, viele Dinge zu erledigen. Das Gerät hieß „Alexa". Jürgen hatte Alexa bereits vorprogrammiert, so dass Mira an diesem Abend gleich ausprobieren konnte, bei welchen Dingen Alexa ihr helfen könnte. Die ganze Familie war sehr gespannt und jeder wollte einmal ausprobieren, was Alexa so konnte. Von allen Seiten prasselten die Wünsche auf Alexa ein:

„Alexa schalte bitte die Stereoanlage an". „Alexa spiel mir mein Lieblingslied. „Alexa schalt den Backofen an, die Waschmaschine, den Herd" und so ging es immer weiter und immer schneller. Alexa kam kaum hinterher. Dann passierte es. Alexa fing an zu stottern, verhaspelte sich, blinkte noch mehrmals hektisch mit ihren LED-Lampen. Dann verschluckte sie sich, gab nur noch ein Röcheln von sich und dann war Stille. „Was ist denn mit Alexa?" fragten die Kinder. Jürgen rollte mit den Augen und schimpfte. „Ihr habt sie total überfordert. So schnell und durcheinander dürft ihr doch nicht die Befehle geben. Sie muss erstmal einen nach dem anderen ausführen und dann kann man den nächsten Wunsch äußern. Nun ist sie schon am ersten Abend kaputt." „Na, das ist ja ein tolles Geschenk," sagte Mira enttäuscht. „Jeder hat noch sein Geschenk, nur ich habe keines mehr." Tränen rollten über ihre Wangen. Jürgen versuchte sie zu trösten und versprach ihr, gleich am nächsten Morgen nach Alexa zu sehen und zu versuchen, die Blockade zu lösen. Etwas getröstet ging Mira mit den anderen Kindern zu Bett. Nach einer Weile folgten auch die Erwachsenen und es wurde ruhig im Haus. Ein turbulenter Weihnachtsabend war wieder einmal zu Ende gegangen.

Mitten in der Nacht, nachdem einige Stunden Ruhe im Haus geherrscht hatten, regte sich bei Alexa etwas. Zaghaft blinkte ein rotes Licht auf. Dann blinkte es schneller. Es wechselte von rot zu grün, blinkte noch heftiger und dann hatte Alexa einen Schluckauf. Einige Wort-Brocken unverständlich und zusammenhanglos, polterten aus ihrem Inneren. Der Schluckauf verging und nun sagte sie etwas vor sich hin, das schon ganz verständlich klang. Es hieß so viel wie „Alexa schalte das Radio an". Ganz deutlich konnten alle rings umher diese Worte verstehen und auch das Radio verstand, was Alexa sagte, und schaltete den zuletzt gehörten Sender an. Leise Weihnachtsmusik erklang. Die anderen Dinge im Raum spitzten die Ohren. Schon wieder kam etwas aus Alexa heraus: „Alexa stell den Saugroboter an." Der neue, heute Abend als Weihnachtsgeschenk für Mutti gedachte Saugroboter fing die Worte auf, ruckelte einmal nach rechts und dann wieder nach links. Dann drehte er sich einmal um sich selbst. Das gefiel ihm, er hörte dazu die Musik, jetzt war es ein Lied im dreiviertel Takt. Er kreiste seitwärts und rundherum und setzte seinen Weg durch den Raum im Walzertakt fort. Sehr zur Freude des Teppichs, den er hin und wieder anstieß. Wieder ließ Alexa ein paar Brocken hören. „Alexa spiel mir ein Lied auf dem Keyboard". Das war jetzt etwas schwieriger, denn Alexa konnte ja nicht selbst spielen, dazu fehlten ihr nun mal die Hände. Doch die eingebaute KI, ihre künstliche Intelligenz, übernahm die Herausforderung. Sie schaltete das Keyboard ein, scrollte die eingespeicherte Playlist entlang, fand ein Stück, das auf dem Keyboard gespielt wurde und brachte dieses Stück zum Laufen. Jetzt waren die anderen Dinge im Raum hellwach. „Wir wollen auch etwas zu dieser Party beitragen", riefen sie im Chor. Auf dem Herd der halboffenen Küche, stand noch ein Topf mit dem restlichen Glühwein. „Alexa schalt mich an, damit der Glühwein heiß wird", rief der Herd. Alexa hörte es und schaltete den Herd ein. Nach einiger Zeit zog ein herrlicher Duft nach weihnachtlichen Gewürzen, Orangen und Rotwein durch den Raum. Himmlisch fanden das das Sideboard und der Schrank. „Alexa schalt mich, den Back-ofen, an. Es ist noch ein halbes Blech Lebku-chen in mir." Alexa erfüllte ihm den Wunsch und, nachdem wieder einige Zeit vergangen war, duftete es nicht nur nach würzigem Glühwein, sondern auch noch nach köstli-chem Lebkuchen. War das eine gelungene Nacht für die Dinge.

Doch irgendetwas fehlte noch. Alexa spürte in ihrem Inneren, da war noch etwas, das sie zwar wohl gehört und auch gespei-chert, doch noch nicht ausgeführt hatte. Sie bat ihre KI ihr doch zu helfen und nachzu-forschen, was da noch gewesen sein könnte. Die KI ließ ihre Algorithmen durchrauschen. In super Schnelligkeit rollten die Zeichen durch ihren Speicher. Da, da war noch et-was, Alexa fühlte in ihrem Innern, etwas blo-ckierte und wollte noch nicht nach außen kommen. Sie strengte sich an, sie fühlte doch, da war noch etwas, warum kam sie nicht darauf. Es drückte und zwickte, doch es wollte einfach nicht heraus. Die KI half mal wieder etwas nach, blickte tief in ihren Speicher hinein, ließ die Algorithmen noch schneller sausen und halt, das war es. Na klar, es war doch noch viel zu dunkel in dem großen Raum. Hier fehlte das Licht. Die Lampen waren jedoch noch nicht an Alexa angeschlossen. Deshalb konnten sie nicht angeschaltet werden. Das würde in den kommenden Tagen geschehen. Es sollte doch ein Smart home werden. Auch die Rolladen sollten bei einsetzender Dunkelheit von selbst runter- und am Morgen wieder hochfahren. Die Kaffeemaschine würde zu einer bestimmten Zeit frischen Kaffee herstellen und für das Frühstück bereitstellen. Die Waschmaschine würde selbstständig das passende Waschprogramm je nach gefühlter Wäsche anstellen und die Heizung würde sich bei bestimmter Kälte draußen von allein anschalten, bevor die Bewohner nachhause kamen. Das alles war mit Alexas Hilfe geplant. Doch heute am Weihnachtsabend war nur einiges wenige einprogrammiert. Also, was konnte es nur sein, was noch nicht ausgeführt worden war. Alexa wand sich und quälte sich, dann durchfuhr sie ein großer Ruck und die Blockade löste sich. Natürlich, der Weihnachtsbaum stand ganz dunkel in der Zimmerecke. Mit einem „Alexa schalte die Kerzen am Weihnachtsbaum an", erstrahlte der so schön bunt geschmückte

Weihnachtsbaum in der Zimmerecke in hellem Licht und erleuchtete den gesamten Raum mit seinem strahlenden Kerzenlicht. Nun passte alles. Alexa fühlte, jetzt war alles, was in ihr gespeichert war, und sie blockiert hatte, gelöst. Sie hatte ihre Arbeit getan und konnte aufatmen und zufrieden auf ihrem Tisch liegen und rundherum durch das Zimmer schauen.

Nur einem gefiel dieser ganze Budenzauber in der Weihnachtsnacht nicht. Das Smartphone, sonst immer die Nummer eins in der Aufmerksamkeit der gesamten Familie, war ganz in den Hintergrund gerückt. Das konnte es sich nicht gefallen lassen. Es murrte und knurrte vor sich hin, es zappelte und rappelte auf dem Tisch herum. Leider hatten die unsensiblen Menschen auch noch den Klingelton auf lautlos gestellt, so konnte es sich gar nicht richtig bemerkbar machen. Es hätte schon längst mit schrillem Klingeln in diesen Spuk eingegriffen und für mehr Aufmerksamkeit gesorgt. Doch nur dieser Summton ging in dem Gedudel und Geklingel der außer Rand und Band geratenen Geräte voll unter. Das Smartphone war schon ganz heiß gelaufen durch sein Gebrumme und Gezappel. Es rutschte auf der Tischplatte hin und her. Auf einmal blieb es still liegen, etwas hatte sich verändert. Der würzige Duft nach Glühwein und Lebkuchen hatte eine schärfere Note angenommen. Roch es nicht sogar etwas nach Geräuchertem? Das Smartphone wurde noch aufmerksamer. Das war doch, das konnte doch nicht sein. Doch das war ganz bestimmt Rauchgeruch und er kam aus der halboffenen Küche. Oh weh, der Herd und der Backofen. Sie liefen auf vollen Touren. Der Rest Glühwein war bestimmt schon längst verdampft und der Lebkuchen im Backofen sicher schon schwarz geworden. „Da muss ich etwas tun", dachte das Smartphone. Lauthals klingeln ging ja nicht, doch es brummte und surrte so laut es konnte und wackelte dabei auf dem Tisch herum, bis es zur Tischkante kam. Noch ein kurzes Innehalten, dann ließ es sich über die Kante fallen. Autsch, der Aufprall auf dem Boden war heftig. Das Glas sprang wie ein Spinnennetz. Ein Splitter stieß auf die Taste Zwei. Das war die Taste wo die 112 gespeichert war. Der Splitter hatte sie voll getroffen und den Alarm ausgelöst. Kurze Zeit später hörte man das

Martinshorn des großen Feuerwehrautos auf der Straße vor dem Haus. Das Smartphone freute sich, so hatte es doch zu guter Letzt die gesamte Aufmerksamkeit auf sich gelenkt.

22

EIN AUßERGEWÖHNLICHER WEIHNACHTSBAUM

Vor der offenen Tür des hölzernen Hexenhauses stand die Hexe mit ihrem schwarzen Kater auf der Schulter und winkte Hänsel und Gretel, näher zu kommen. Die weißen, runden Lebkuchen glänzten auf dem mit Puderzucker bestreuten Dach des Hexenhauses. Von den Dachkanten hingen spitze lange Eiszapfen herunter. Süße Sterne aus Schokolade und buntem Gelee verzierten die Wände. Der Garten rund um das Hexenhaus hatte Beete aus kleinen Schokotalern mit farbigen Streuseln, blütenförmigen Keksen und länglichen Lakritzen. Alles sah bunt und einladend aus. Mutter hatte sich viel Mühe gegeben und wollte mit diesem bunten und von innen beleuchtetem Hexenhaus ihre Enkelkinder am Weihnachtsabend überraschen. Sie malte sich schon die staunenden und strahlenden Augen der beiden Kleinen aus. Den Käsekuchen, den es immer am

Weihnachtsnachmittag gab, hatte sie gerade aus dem Backofen genommen und zum Abkühlen auf den langen Küchentisch gestellt. Die Bratäpfel für den Abend nach der Bescherung lagen gut gefüllt in einer Form und warteten auf ihren Einsatz. Mutter schaute zufrieden in der Küche umher. Auch das Wohnzimmer war geputzt und nur der Tannenbaum musste noch geschmückt werden. Doch ein Tannenbaum war noch gar nicht zu sehen. Das war das große Problem! Seit zwei Wochen konnten Tannenbäume erstanden werden. Immer wieder hatte Mutter es dem Vater gesagt. Doch der hatte nur andere Dinge im Kopf und nie Zeit, sich um den Tannenbaumkauf zu kümmern.

„Morgen hole ich ganz bestimmt den Baum." So hieß es immer wieder und am nächsten Tag wurde der Gang zum Tannenbaumhändler wieder verschoben. So verging Tag für Tag. Tausend andere Dinge waren viel wichtiger als der Kauf des Tannenbaumes. Dabei kam der 24. Dezember immer näher. Mit Engelszungen redete Mutter auf ihren Mann ein. Richtig wütend hatte

sie geschimpft, dass die schönsten Tannenbäume immer am Anfang verkauft würden
und am Ende nur die schiefen und krummen
übrigblieben. Es hatte alles nichts genutzt. So
war der Tag des Heiligen Abends herange-
kommen. Mutter hatte ihre Arbeiten erledigt. Nur noch einmal hatte sie entnervt gesagt:

„Dann haben wir in diesem Jahr wohl keinen
Weihnachtsbaum. Die Enkelkinder werden
enttäuscht und traurig sein. Gottseidank
habe ich wenigstens das schöne Hexenhaus,
um ihnen eine Freude zu machen". Sie
konnte nicht verhindern, dass ihr ein paar
Tränen dabei über die Wange liefen. Brum-
melnd stand der Vater auf, zog seine dicken
Stiefel und seinen warmen Mantel an und
verließ kopfschüttelnd die Wohnung. Nach
einigen Stunden kam er zurück. Tatsächlich
hatte er noch einen Tannenbaum erstanden.
Zuerst freute sich Mutter. Doch als der Baum
von seinem Netz befreit war und die Zweige
sich ausbreiten konnten, schrie Mutter auf.
„Was ist denn das für ein hässlicher Baum.
Nicht nur, dass er krumm und schief ist,

seine Zweige sind so weit voneinander entfernt, da kommen unsere bunten Glaskugeln überhaupt nicht zur Geltung. Sie würden an den Zweigen aussehen wie kleine Glasmurmeln. Nein, diesen Baum können wir unmöglich aufstellen und schmücken, damit blamieren wir uns ja vollkommen." Vater schnaufte: „Er ist doch groß und hat grüne Nadeln, was willst du denn sonst noch?" Mit tränenerstickter Stimme sagte Mutter nur: „Der kommt mir nicht ins Wohnzimmer. Sieh zu, wo du noch einen anderen herbekommst, sonst fällt Weihnachten in diesem Jahr aus." Sprachs und lief wütend in die Küche. Nun stand Vater ratlos da. Er wusste, einen besseren Baum würde er nicht mehr bekommen. Inzwischen war es halb drei Uhr. Die Verkaufsstellen der Tannenbäume waren bestimmt schon geschlossen und die Gärtnerei auch. Schließlich wollten heute alle Weihnachten feiern. Er kratzte sich am Kopf und überlegte. Doch ihm fiel einfach keine Lösung ein. Hätte er doch schon in der vergangenen Woche den dummen Baum gekauft. Er hatte es einfach über den vielen

Dingen, die er erledigen musste, vergessen. So ein Weihnachts-Fan wie seine Frau war er sowieso nicht. Nur für die Kinder und Enkel machte er das alles mit. Die Stimmung war am Boden und guter Rat teuer. Er versuchte durch einige Telefonanrufe noch etwas zu erreichen. Doch auch da hatte er kein Glück.

In der Zwischenzeit war Ulrike, die jüngere Tochter, eingetroffen. Sie arbeitete als Tiefpflegerin in der „Eselsmühle". Das war ein Bio-Bauernhof mit eigener Bäckerei und Gaststube in einem kleinen Tal in der Nähe ihres Wohnortes. Der Hof hatte seinen Namen zu Recht, denn auf zu dem Hof gehörten einige Esel. Im Sommer lebten sie zur Freude der großen und kleinen Gäste auf der Weide neben dem großen Biergarten. Alle Kinder liebten die Esel, besonders wenn sich Nachwuchs eingestellt hatte. Die kleinen Esel waren aber auch allerliebst. Nun im Winter standen die Esel im warmen Stall. Jede Woche wurde in der Bäckerei aus dem eigenen Getreide gutes Brot gebacken und die Kunden kamen von nah und fern, um dieses gute Brot zu kaufen. Ulrike wurde sogleich von Vater in das Wohnzimmer gezogen und mit Fragen überhäuft, ob sie eine Möglichkeit sähe, wie der Weihnachtsabend gerettet werden könne. Ob es vielleicht in der „Eselsmühle" noch Tannenbäume zu kaufen gäbe? „Nein, Tannenbäume hätten sie nicht mehr," meinte Ulrike nachdenklich. Sie überlegte ein paar Minuten, dann zog ein Lächeln über ihr Gesicht. „Was, hast du eine gute Idee?" fragte der Vater hoffnungsvoll. „Ja, mir ist gerade eine Super-Idee gekommen. Lass mich nur machen."

Schnell zog Ulrike ihre warme Jacke über, nahm Schlüssel und Fahrradhelm und rannte die Stufen hinunter zu ihrem Fahrrad, das noch vor der Haustür stand. Mit Windeseile fuhr sie den vor kurzem erst gekommenen Weg zurück zur „Eselsmühle". Ihr Fahrrad an den Zaun gelegt, die Seitentür zur Backstube aufgerissen und nach Frauke, der Bäckerin gerufen, das war eins. „Wo brennts denn?" rief die gutmütige Frauke, die gerade die Backstube ausfegte.

„Hast du noch von den Lebkuchen, die wir gestern frisch gebacken hatten?" rief Ulrike ganz außer Atem.

„Willst du noch welche verkaufen?" unkte Frauke lächelnd. „Nein, nicht verkaufen ich brauche mindestens zehn Stück für uns selbst." Ulrike schaute sich in der Backstube um. „Da hast du aber Glück, es sind gerade noch zwölf Stück von den großen da." „Ich nehme sie alle," frohlockte Ulrike. „Ja, wofür brauchst du denn so viele von den großen Lebkuchen?" staunte Frauke. „Das verrate ich dir nach den Feiertagen. Ich muss mich beeilen, sonst gibt es bei uns kein Weihnachten." Schon war Ulrike wieder auf ihr Fahrrad gesprungen. Die Tüte mit den Lebkuchen warf sie vorn in den Korb und ab ging die rasante Fahrt nachhause. In der Wohnung angekommen, wartete Vater schon sehnsüchtig auf seine Tochter.

„Hast du etwas erreicht, das unseren Weihnachtsabend retten kann?" fragte er ganz kleinlaut. „Ihr werdet staunen, aber nun lass mich allein im Wohnzimmer werkeln. Ich gebe Bescheid, wenn alles fertig ist und ihr zur Bescherung hereinkommen könnt." Ulrike schmunzelte in sich hinein.

Der Nachmittag war in den Abend übergegangen. Die gesamte Familie saß etwas bedrückt in der gemütlichen Küche beisammen. Der Käsekuchen war bereits aufgegessen. Die Enkelkinder rutschten unruhig auf ihren Stühlen herum. „Wann kommt denn endlich das Christkind?" fragten sie alle halbe Stunde. „Bald." War die immer gleiche Antwort der Großen. Draußen war es inzwischen dunkel geworden. Die Glocken der nahen Martinskirche läuteten bereits die Vesper ein, da hatten die Erwachsenen Erbarmen mit den kleinen unruhigen Geistern. Der Vater ging zuerst in das Weihnachtszimmer, schloss aber sofort die Tür hinter sich, bevor er das Licht anschaltete. Dann riss er die Augen auf und ein Lächeln stahl sich in sein Gesicht. Die Kerzen am Weihnachtsbaum waren schon angezündet. Auch aus den Fenstern des Hexenhauses schimmerte Licht nach außen. „Die werden Augen machen," schmunzelte der Vater. „Ulrike, du bist doch ein Schatz."

Das silberne Glöckchen läutete, die Wohnzimmertür öffnete sich, die Enkelkinder stürmten herein. Die Erwachsenen folgten ihnen langsam. Mit einem Mal standen alle still. Die Augen riesengroß, die Münder offen. Sie staunten. Vor ihnen stand ein ganz besonderer Weihnachtsbaum. Zwischen den weit auseinanderklaffenden Zweigen hingen „ESEL" aus Lebkuchen. Jeder mit einer roten Schleife um den Hals und langen Ohren. Sie strahlten mit dem Kerzenschein um die Wette. Ihr braunes „Fell" glänzte und der hässliche Baum sah auf einmal wunderschön aus. Die Kinderaugen leuchteten.

„Das sind ja richtige Esel". Jubelte die Kleinste. Selbst Mutter blickte staunend auf das so verwandelte Bäumchen. Doch keiner sah das so liebevoll geschmückte Hexenhaus. Die Esel am Weihnachtsbaum hatten allem die Schau gestohlen. Sie sahen aber auch so reizend aus, wie sie zwischen den grünen Zweigen hingen, groß und braun und zum Anbeißen lecker. Dass Esel eigentlich graues Fell hatten, störte keinen.

Jeder, der in der Weihnachtszeit zu ihnen zu Besuch kam, staunte und wunderte sich. So einen „Esel-Weihnachtsbaum" hatte noch niemand gesehen. Ulrike hatte wirklich eine sensationelle Idee gehabt. Das Schiefe und Hässliche des Baumes war überhaupt nicht mehr sichtbar. Die süßen Esel hatten alles in den Schatten gestellt.

23

SYLVESTER AUF DER HÜTTE IM HARZ

Damals wars. Meine Freundin Isa und ich waren gerade siebzehn Jahre alt geworden. Beide begeisterten wir uns für die Berge, insbesondere im Winter. Aus diesem Grund waren wir einem Verein beigetreten, der gerade Skifahrer und Bergbegeisterte sehr unterstützte. Nicht weit entfernt unseres Heimatortes hatten wir im Harz, einem Mittelgebirge, in einem Skikurs dieses Vereins Skifahren gelernt. Nicht auf der glattgefahrenen Piste, sondern querfeldein durch verschneite Wälder, durch Senken, über zugefrorene Wasserläufe, vorbei an kleinen dickverschneiten Bäumchen, die aussahen wir Trolle und Gnome. Richtig viel Spaß hatten wir bei diesen Fahrten durch die unberührte Waldeinsamkeit und gelernt haben wir außerordentlich viel.

Im Harz hatte der Verein eine Blockhütte. Sehr versteckt und nicht leicht zu finden. Dort traf man sich an den Wochenenden zum Skifahren, zum Training für Skirennen und im Sommer zum Wandern. Die Hütte war nicht bewirtschaftet, sondern jeder der dort übernachten wollte, hatte alles, was er zum Leben und Schlafen usw. brauchte selber mitzubringen. Strom gab es in der Hütte nicht. Sie wurde mit alten, schönen Petroleumlampen beleuchtet. Wasser wurde an einer Quelle in der Nähe geholt. Es war ein uriges Leben dort. Tagsüber verstreute sich alles in der Natur, um Skizufahren oder zu trainieren. An den Abenden saßen alle sehr gemütlich um den großen alten Holztisch herum. Irgendjemand hatte meistens eine Gitarre oder Mundharmonika dabei. Es wurde gesungen oder nur zugehört. Spiele wurden gespielt, von Bergerlebnissen erzählt und gefachsimpelt. Nie war es langweilig. Kochen konnte man auf einem alten mit Holz und Kohle beheizbaren Küchenherd. Manch einer brachte auch den eigenen Spirituskocher mit und kochte sein Süppchen darauf. Alle liebten wir die Natur und das Leben draußen in der Natur. Schöne, lustige Ski-Wochenenden hatten wir dort bereits erlebt, als irgendjemand meinte, wir könnten doch zusammen Sylvester auf der Hütte verbringen. Eine glänzende Idee. Wir waren sofort begeistert. Hätten wir nur gewusst, welche Schwierigkeiten sich uns in den Weg stellen würden, dann wäre unsere Euphorie vielleicht gedämpfter gewesen. Aber wenn man jung ist, ist die Begeisterung erst einmal riesengroß. Vor allem Sylvester das erste Mal fern von der Familie, nur mit jungen Leuten und dann noch in dieser urigen Berghütte zu verbringen, das klang fantastisch. Schon Tage vorher waren wir aufgeregt. Hatten wir an alles gedacht, was wir brauchen würden? Nichts gäbe es dort in der Nähe zu kaufen. Was vergessen war, würde es bleiben. Der Rucksack wurde zigmal umgepackt. Immer noch war er zu schwer. Schließlich musste von der Bahnstation noch ein weiter Weg bis zur Hütte zurückgelegt werden. Und dieser Weg war nicht einfach, sondern richtig beschwerlich. Der Tag vor Sylvester kam. Morgens fanden wir beide uns am Bahnhof ein. Begleitet von unseren Müttern, die uns immer wieder mit Ermahnungen überhäuften. Nahmen unsere Ohren das noch auf? Ich glaube wir waren schon in einem anderen Modus. Der Zug trug uns ohne Schwierigkeiten bis zu unserer Zielstation. Nun hieß es, Rucksack schultern, die langen, damals noch 2,10 m langen Ski samt

Skistöcken über die Schulter gelegt. Den Proviant in der Hand tragend, so stiefelten wir los. Isa meinte schmunzelnd: „Ich habe noch eine Flasche Sekt im Rucksack. Ich muss aufpassen, dass ich nicht stolpere oder ausrutsche, dann haben wir um 12 Uhr nichts zum Anstoßen". Also musste sie auch noch eine schwere Flasche tragen. Vom Bahnhof liefen wir bis zum Abfahrtshügel, die Strecke ließ sich gut laufen. Dann wurde es interessant. Mit Sack und Pack musste die Abfahrt zu Fuß hochgestiegen werden. Einen Schlepplift, wie in späteren Jahren, gab es noch nicht. Damals musste nach jeder Abfahrt wieder zu Fuß aufgestiegen werden. Das war zwar mühselig, aber trotzdem machte das Skifahren Spaß und es gab Kondition. Endlich hatten wir es geschafft und waren oben angekommen, Schnaufend legten wir eine Pause ein. Mit unserer gesamten Ausrüstung unjd den schweren Skiern über der Schulter waren wir doch ziemlich ins Schwitzen gekommen. Weiter führte der Weg über eine befahrene Straße direkt in den Wald hinein. Hier wurde es richtig spannend. Der Weg, der nun vor uns lag, ein alter Hohlweg, war völlig ausgefahren. Auf ihm konnte nicht mehr gegangen werden. Oben auf dem Rand hatte man aus runden Baumstämmen einen Weg gelegt. Völlig uneben, zum Teil vereist, meistens rutschig, manchmal weit auseinanderklaffend lagen die Hölzer. Schritt für Schritt stiegen wir langsam und vorsichtig diesen Weg weiter in den Wald hinein. Inzwischen war es Nachmittag geworden und das Licht nahm ab. Unter den hohen Bäumen wurde es immer dämmeriger. Unser Gepäck drückte immer mehr auf unseren Schultern, die Schritte wurde langsamer. Immer wieder legten wir Pausen ein. Der Weg schien kein Ende nehmen zu wollen. Waren wir überhaupt noch auf dem richtigen Weg? Hatten wir den Abzweig zur Hütte bereits verpasst, oder lag er noch vor uns? Würden wir die Hütte überhaupt finden, wenn es noch dunkler würde? Langsam bekamen wir es doch mit der Angst. Wenn wir den Abzweig nicht fänden, uns hier im Wald in der Kälte verirren würden, es wäre nicht auszudenken. Bis zum nächsten Ort wäre es viel zu weit und in diesem undurchdringlichen Wald würde uns niemand finden. Unsere Freunde in der Hütte wüssten ja gar nicht in welche Richtung sie suchen müssten. Unsere

Schritte wurden schneller. Die Anstrengung mit dem schweren Gepäck nahm uns immer mehr die Kraft. Doch wir durften jetzt nicht aufgeben, wir mussten die Hütte bald finden. Die Kälte nahm zu und im letzten Tageslicht mussten wir ankommen. Als wir schon richtig verzweifelt, den Tränen nahe waren und uns schworen, nie wieder zur Hütte zu gehen, lag sie auf einmal rechts vor uns. Durch die große Anstrengung hatten wir nur noch vor uns auf den Weg geachtet und wären fast noch an der Hütte vorbeigelaufen. Doch das Licht aus einem der Fenster leuchtete bis auf dem Weg und führte uns bis zur Hüttentür. Endlich, angekommen! Glücklich fielen wir uns in die Arme. Wir hatten es doch geschafft, bis hierher ohne Sturz und ohne Verlaufen zu kommen. In der Hütte empfing uns Wärme vom bullernden Ofen und einige unserer Freunde saßen bereits gemütlich am großen Tisch beisammen. Schnell packten wir unsere Rucksäcke aus, bezogen die Stockbetten im Schlafraum, verstauten unsere Vorräte für die Silvesterfeier. Der Sekt kam draußen auf die Fensterbank und wurde schneegekühlt. Was waren wir froh, in der gemütlich warmen Hütte am großen Tisch zwischen den anderen zu sitzen und einen fröhlichen Abend verbringen zu können. Am nächsten Morgen beim Frühstück kamen drei andere Freunde herein. Sehr übernächtigt und verfroren sahen sie aus. Wieso waren sie schon so früh auf der Hütte? Sie mussten ja in der Nacht angereist sein. Als sie sich aufgewärmt hatten, erzählten sie uns, wie es ihnen ergangen war: Einen Zug später als wir waren sie am vergangenen Nachmittag angekommen. Als sie den Wald erreichten, war es bereits noch dunkler geworden. Auf der Wegstrecke wurde es dann auch noch immer nebliger. Dunkelheit und Nebel nahmen ihnen vollkommen die Sicht. Sie irrten umher und meinten, genau wie wir, den Abzweig verpasst zu haben. Sie bekamen es mit der Angst zu tun, wenn sie in dieser Dunkelheit und dem Nebel weiterlaufen würden, in eine Schlucht zu stürzen oder sich völlig zu verlaufen. So entschieden sie, draußen zu übernachten. Sie hatten ihre dicken, warmen Schlafsäcke für Temperaturen bis Minus 30 Grad im Rucksack, hatten schon öfter in den Bergen in Biwaks übernachtet und trauten sich zu, auch diese Nacht im Freien zu verbringen. Am nächsten

Morgen bei Helligkeit wollten sie dann weiter den Weg zur Hütte suchen. Als sie am Morgen erwachten, durchgefroren und hungrig, sahen sie sich um und erlebten eine Überraschung. Sie konnten es nicht fassen. Vielleicht zehn Meter von der Hütte entfernt hatten sie im Freien übernachtet. Der Nebel war so dicht gewesen, sie hatten die Hütte nicht sehen können und waren doch so nah gewesen. Wären sie noch einige Meter weitergelaufen, sie wären gegen die Hütte gestoßen. Die eisige Nacht hätten sie nicht draußen verbringen müssen. Aber so war es eben in der Waldeinsamkeit. Der Nebel hatte alle Geräusche und alles Licht verschluckt. Den Silvesterabend verbrachten wir zusammen fröhlich bis spät in die Nacht. Feuerwerk um Mitternacht gab es hier im Wald nicht. Zusammen gingen wir hinaus in den Schnee, brannten ein paar Wunderkerzen ab und schauten über uns die Sterne an.

Wie anders war Sylvester hier im Wald als sonst in der lauten Stadt.

24

WINTERZAUBER
DER DUNKLE KÖNIG - DER WEG ZUM STERN

Eiskalt fegt der Sturm um das kleine Haus.
Er rüttelt an den Fensterläden und an der
Hausecke türmt er den fallenden Schnee immer höher. Ein warmes Licht scheint aus
dem Sprossenfenster in den kalten Abend
hinaus. In der Küche auf dem Herd summt
leise der Teekessel. Hella sitzt am Tisch, mit
müden Augen. Es war ein anstrengender
Tag. Am Morgen nach dem Frühstück hat sie
schnell die restlichen Weihnachtseinkäufe
gemacht, mittags eine Suppe gekocht, die
musste reichen und am Nachmittag mit Jan,
ihrem kleinen Sohn, Plätzchen gebacken. Es
duftet immer noch nach Butter, Zucker und
Zimt, Mandeln und Haselnüssen und natürlich nach Spekulatius. Frisch gebacken aus
dem Ofen schmecken die Plätzchen einfach
am besten Während sie noch an den fröhlichen Nachmittag denkt, fallen ihr vor
Müdigkeit die Augen zu, ihr Kopf fällt sacht
auf den Tisch und sie schlummert ein.

Doch was ist das? Plötzlich steht sie in einer großen Kirche. Wunderschöne leuchtende Bilder sieht sie um sich herum. Sie schaut staunend zu diesen schimmernden Bildern auf. Bewegt sich dort ein Bild? Drei alte, bärtige Gestalten in prachtvollen Gewändern und wie aus alter Zeit kommend schauen auf sie herab. Edle Gefäße tragen sie in den Händen. Hinter ihnen tauchen ungewöhnliche, mächtige Tiere auf. Langsam und majestätisch schreiten die Alten mit ihren Kamelen und dem Elefanten aus der Wand heraus. Ihre glänzenden Gewänder sind aus schimmerndem Gold, mattglänzendem Purpur und Nacht-Blau. Mit funkelnden Steinen besetzt sind ihre Kronen. Am prachtvollsten ist der Dunkle König. Geheimnisvoll und mystisch schreitet er am Ende des Zuges. Hella reibt sich verwirrt die Augen, dann schaut genauer hin. Winkt er ihr? Wo zeigt er hin? Über ihr an der blauen mit Sternen besetzten Decke, mitten zwischen den vielen Sternen steht ein großer, hell leuchtender Stern. Langsam bewegt sich dieser Stern und zieht dabei einen hellen Schweif hinter sich her. Hella schaut staunend auf das Bild, das sich ihr bietet. Der

Dunkle König weist lächelnd in die Richtung des Sterns mit dem Schweif. Was will er ihr sagen? Immer wieder zeigt er zu dem Stern. Langsam setzt sich der König in Bewegung, geht in die Richtung des Sterns. Wieder winkt er ihr. Sie soll mit ihm gehen? Hinter dem Stern her gehen? Dem Stern folgen? Nein, das ist unmöglich, das kann sie nicht. Sie muss doch zuhause sein, die Familie versorgen und vor allem ihren Jan. Doch der Dunkle König hört nicht auf zu winken. Jetzt wird sein Winken dringender. „Folge deinem Stern" diesen Satz hört sie nicht, sie spürt ihn in ihrem Inneren. Habe ich das richtig verstanden? MEINEN Weg zum Stern soll ich finden? WIE soll ich den Weg finden? Sehr nachdenklich schaut Hella zu dem Dunklen König. Sie zögert. Sie möchte wohl schon mit ihm gehen. Die farbenfrohen, glitzernden Könige faszinieren sie. Eine gelassene Heiterkeit strahlen sie aus. Hella spürt, wie alles Schwere von ihr abfällt und ihr auf einmal ganz leicht wird. Verschwunden sind die Sorgen, die viele Arbeit kommt ihr gar nicht mehr belastend vor. „Ach, wenn es nur so einfach wäre. Wie gerne würde ich meinen Stern suchen und ihm folgen" denkt Hella. Wie in Trance, ganz langsam erhebt sie sich. Unbewusst hebt sie den Fuß, setzt den ersten Schritt, hält an, zögert, schon folgt der zweite. Sie spürt, es ist ganz leicht. „Bin ich bereits auf meinem Weg?" denkt Hella. Der Dunkle König lächelt ihr zu. Nickt er? Der Stern hoch oben über ihr strahlt hell auf ihren Weg. Da, ganz sacht, kaum spürbar streift etwas ihren Arm. Sanft wie ein Flügelschlag. Hella seufzt. Langsam schlägt sie die Augen auf. Ein Engel? Nein, es ist Jan, ihr kleiner Sohn. Ganz zart streichelt er ihren Arm. „Mama" fragt er „hast du geträumt?" Voll kindlicher Liebe schaut er sie an. Ist da nicht ein kleines verschmitztes Licht in seinen Augen? „Mein kleiner Engel", denkt sie. „Ich bin schon auf meiner Sternsuche. Mit dir". Glücklich schließt sie ihren kleinen Jan in die Arme. Die Dunkelheit des frühen Abends vor dem Fenster bleibt ausgesperrt. Hella spürt, in ihrem Innern funkelt und leuchtet der schöne Traum noch nach. Nicht mehr lange, nur noch ein paar Schritte auf dem Weg zum Stern, dann ist WEIHNACHTEN